Karoline Kuhla

Fake News

CARLSEN KLARTEXT

Weitere Bände der Reihe Carlsen Klartext in Vorbereitung:
Populismus
Extremismus

*Anmerkung: Zur Vereinfachung und besseren Lesbarkeit wird im Folgenden auf gendergerechte Sprache verzichtet. Wenn von Politikern, Lesern, Wählen usw. die Rede ist, sind selbstverständlich Politiker*innen, Leser*innen, Wähler*innen usw. gemeint.*

MIX
Papier aus verantwortungsvollen Quellen
FSC® C083411

Originalausgabe
Veröffentlicht im Carlsen Verlag
Oktober 2017

Lektorat: Julia Reuter
Faktencheck: Kathrin Lilienthal, Recherchehaus
Umschlagabbildungen: shutterstock © Apolinaria/pockygallery/Zanna Art
Umschlaggestaltung: formlabor
Corporate Design Taschenbuch: bell étage
Layout und Herstellung: Frederik Rettberg
Gesetzt aus der Chaparral Pro von Dörlemann Satz, Lemförde
ISBN 978-3-551-31731-5

Inhalt

Vorwort

von Susanne Beyer

Wenn ich mich an meine ersten Tage im Beruf als Journalistin erinnere, dann denke ich: Es ist noch heute derselbe Beruf, aber er hat sich sehr verändert.

Ich begann mit dieser Arbeit in den Wochen vor dem Mauerfall, im Herbst 1989. Ich war gerade von zu Hause ausgezogen und arbeitete in einem Verlagshaus, das am Rande der kleinen Stadt lag, über die wir berichteten.

Wenn wir oben im Großraumbüro hörten, dass die Druckmaschinen im Erdgeschoss anliefen, wussten wir, dass das, was wir in den Stunden zuvor geschrieben hatten, gerade mal einen Tag lang halten und dann in Papierkörben verschwinden würde.

In dem Büro klapperten noch Schreibmaschinen, Computer gab es auch; man musste lange und komplizierte Codes eingeben, um in ein umständliches Textverarbeitungssystem zu gelangen. Keiner meiner Kollegen hatte zu Hause einen Computer.

Die Zeitungsseiten wurden mit einem speziellen Lineal und einem spitzen Bleistift auf Papier entworfen. Handys gab es nicht. Die Schwarz-Weiß-Fotos entwickelten wir in einer beißend riechenden Lauge, dafür mussten wir in eine winzige Dunkelkammer neben dem Großraumbüro gehen.

Wir Lokaljournalisten wurden meist gut behandelt. Man hielt uns für einflussreich. Einmal kam ich zu spät zu einem Termin – ich glaube, ich sollte über eine diamantene Hochzeit berichten –, und die Leute, über die ich schreiben sollte, fragten, warum wir Journalisten eigentlich keine Sirene am Auto hätten, so wie die Polizei, es sei doch wichtig für uns, ganz schnell dort zu sein, wo etwas passiere.

Einen Text zu schreiben, der veröffentlicht wurde, galt als Besonderheit. Wir wussten fast nichts von diesem Internet, in das man Texte einfach so würde hineinschreiben können, egal, ob man nun Journalist ist oder nicht. Das Schreiben und Veröffentlichen war damals Buchautoren und Journalisten vorbehalten.

Das alles ist 28 Jahre her.

Heute sitze ich meist den ganzen Tag vor dem Computer, aber selbst wenn ich unterwegs bin, habe ich einen Computer und mein Smartphone dabei. Die Nachrichten erneuern sich nicht nur einmal am Tag, sondern sekündlich. Wer das nun genau ist, der einen Text veröffentlicht hat, das wissen die meisten Leser nicht; in einer kleinen Stadt kannten viele den Verfasser persönlich.

Die Zeiten waren nicht besser damals, es war nur vieles anders. Die Änderungen bringen Vorteile mit sich und Nachteile. Karoline Kuhla, die Autorin dieses Buches, wird hier die Änderungen durch die Digitalisierung beschreiben. Sie wird erzählen, warum wir Journalisten längst nicht mehr das Ansehen haben wie früher, und warum das Schwierigkeiten mit sich bringt, aber auch Chancen.

Einige Unterschiede in meinem Arbeitsleben von damals und heute ergeben sich übrigens aus einem völlig anderen Grund als dem Verlauf der Zeit: Ich arbeite nicht mehr für eine Lokalzeitung, sondern für ein wöchentlich erscheinendes Nachrichtenmagazin. Der *SPIEGEL* hat seine Zentrale in Hamburg, wir berichten jedoch kaum über die Themen der Stadt, sondern über die ganze Welt. Einige Leser wissen durchaus, wer wir sind, aber den allermeisten sind wir nicht bekannt. Wir sind weiter weg von unseren Lesern als Lokaljournalisten, doch der Kern unserer Arbeit unterscheidet sich kaum von dem der Arbeit eines Lokaljournalisten.

Um zu berichten, reise ich meist dorthin, wo etwas passiert oder passiert ist. Karoline Kuhla wird von Texten erzählen, die auf ganz andere Weise entstehen, auf der Basis von Gerüchten, die ungeprüft und mit einer bestimmten Absicht weiterverbreitet und so oft wiederholt wurden, dass sich die falschen Behauptungen, auf denen das Gerücht basierte, gar nicht mehr ganz aus der Welt räumen ließen.

Es ist nicht immer leicht für Leser – und übrigens sind Journalisten auch normale Leser –, Fake News von Artikeln zu unterscheiden, für die die Regeln des Journalismus beachtet wurden.

Deswegen ist dieses Buch hier so wichtig. Es erklärt den Unterschied. Es erklärt, wie Journalisten arbeiten, wie Nachrichten entstehen und wie im Unterschied dazu Fake News entstehen.

Es ist das Recht eines jeden Bürgers, informiert zu werden. Darum gehört eine freie Presse zur Demokratie dazu.

Jeder Bürger sollte dieses Recht auf bewusste Weise und gerne nutzen. Dieses Buch macht uns, die wir alle Leser sind, zu kritischen, zu bewussten Lesern.

Susanne Beyer arbeitet seit 1996 beim *SPIEGEL* und ist zurzeit stellvertretende Chefredakteurin.

EINLEITUNG

Was ist los in der Welt?

»Denen da oben kann man nicht trauen.« »Journalisten sind alle gekauft.« »Die Medien werden aus Berlin regiert.« »Lügenpresse, auf die Fresse!« Sätze und Phrasen wie diese kann man zurzeit überall in Deutschland hören, vor allem auf Demonstrationen und an Stammtischen. Die Stimmung ist rau unter den Bürgern, aber auch gegenüber Journalisten ist sie so rau wie schon lange nicht mehr. Das Misstrauen ist groß. Es gibt Menschen, die ihr Vertrauen in die Berichte von Journalisten verloren haben, sei es im Fernsehen oder in der Zeitung. »Ist doch egal!«, könnte man denken. »Muss doch jeder selbst entscheiden, wem er glaubt.« Im Prinzip stimmt das. Doch wenn einige Bürger immer stärker an der Berichterstattung seriöser Medien zweifeln und glauben, dass der Inhalt von Nachrichten aus dem Kanzleramt in Berlin vorgegeben wird[1], dann muss man diesen Sorgen nachgehen. Vor allem, wenn diejenigen, die das glauben, nicht mehr bereit sind, darüber zu sprechen. Lieber deuten sie jedes Argument gegen ihre Theorie als Beweis für dieselbe um.

Nicht nur in Deutschland zweifeln Menschen, ob sie den Medien noch vertrauen können, oder greifen sie ganz pauschal an. »FAKE NEWS« ist ein Begriff, den der US-amerikanische Präsident Donald Trump unter anderem gerne auf Twitter nutzt, wenn er die Presse beschimpft. Am liebsten tut er das in Großbuchstaben. Das ist ein simpler Trick, der an Sprechblasen in Comics erinnert: Da werden Worte immer größer oder fetter als der Rest geschrieben, wenn es laut wird. Und weil uns diese Betonung einzelner Worte aus Comics bekannt ist, wirken auch die Worte von Donald Trump so, als ob er schreit. Wieder ein Hinweis darauf, dass der Ton schärfer geworden ist. Man diskutiert nicht mehr miteinander, sondern brüllt sich über Social-Media-Kanäle an.

Niemand hat dem Begriff »Fake News« so sehr zur Bekanntheit verholfen wie Trump.[2] Doch was genau werfen er und viele andere den Medien damit eigentlich vor? Gibt es »Fake News«, und wenn ja, wie sehen die aus? Sind »Fake News« und »Lügenpresse« das Gleiche? Wie arbeiten Journalisten denn nun wirklich? Wer bestimmt, was sie berichten, und wer bezahlt sie? Kämpft überhaupt noch jemand für die Wahrheit? Und was könnt ihr selbst tun, um keine Lügen oder Falschmeldungen zu verbreiten? Auf all diese Fragen soll dieses Buch Antwort geben.

Doch zuvor müssen wir uns noch einer anderen Frage widmen. Denn, wie der ehemalige Bundeskanzler Helmut Kohl es einmal so treffend formulierte: »Wer die Vergangenheit nicht kennt, kann die Gegenwart nicht verstehen und die Zukunft nicht gestalten«.[3] Bevor wir also nach vorne blicken, werfen wir einen Blick zurück und fragen uns: Wie sind wir eigentlich in diese Lage hineingeschlittert?

KAPITEL EINS

Über den Verlust von Vertrauen und die Gefahren von Fake News

Die Glaubwürdigkeitskrise

Die meisten Veränderungen sind keine Revolutionen, sie schleichen sich an. Und irgendwann fragt man sich erstaunt: Wie konnte es so weit kommen?

Auch die »Lügenpresse«- und »Fake News«-Kommentare traten zu Beginn vereinzelt auf. Anfangs waren es emotionale Rufe von offenbar sehr verzweifelten und wütenden Menschen. Als sie zum ersten Mal publik wurden, hörten sie sich noch ziemlich radikal an. Mittlerweile gehören sie jedoch längst zum Alltag. Wenn wir also herausfinden wollen, wie es zu den ersten Ausrufen kam, müssen wir uns fragen, wie diese Leute so verzweifelt und wütend wurden, dass sie bereit waren, Tabus zu brechen.

Dass die letzten 30 Jahre offenbar brisant gewesen sind, ist an Überschriften und Nachrichtenmeldungen aus dieser Zeit erkennbar: »Amigo-Affäre«[1], »Missbrauchsskandal«[2], »Bankenkrise«[3] – sieht man sich die großen journalistischen Geschichten von damals an, findet man häufig die Anhängsel »-affäre«, »-skandal« oder »-krise«.

Natürlich musste über all diese Themen berichtet werden. Und viele dieser Ereignisse empörten die Menschen zu Recht. Doch die Leser konnten durch die Darstellung der Themen nur den Eindruck gewinnen, dass ein Skandal den nächsten jagte. Häufig ging es Schlag auf Schlag in der Berichterstattung und ein Thema, über das gerade noch täglich an erster Stelle in den Nachrichten berichtet worden war, wurde erst losgelassen, wenn sich ein neues gefunden hatte. Um aber genügend Aufmerksamkeit für den neuen Skandal zu erzeugen, meinten einige Journalisten, sie müssten noch lauter schreien, also noch kritischer berichten, noch schärfer kommentieren und noch eher kleine Aspekte eines Skandals groß machen (siehe S. 53). Es begann eine Spirale der Empörung, die sich immer weiter steigern musste, um noch Beachtung zu finden. Weil es schleichend begann, bemerkten viele Leser – und auch viele Journalisten – die Entwicklung nicht sofort. Aber im Rückblick wird deutlich, wie parallel zur wachsenden Aufregung in den Schlagzeilen auch die Stimmung unter den Menschen immer angespannter wurde.

Im Laufe der vergangenen Jahre haben viele Leute in Deutschland Vertrauen in ganz unterschiedliche Menschen und die von ihnen ausgeübten Ämter verloren, und das gilt nicht nur für die Medien. Führungspersönlichkeiten aller Lebensbereiche sind betroffen: Politiker, Wirtschaftsbosse, Banker, Soldaten, Sportler und Prominente sowie Lehrer und Geistliche.[4] Der Weg dorthin war zum einen gepflastert durch Affären und Skandale von Einzelpersonen, aber auch von Institutionen. Zudem gab es in dieser Zeit politische Veränderungen von historischer Dimension, wie den Ukrainekonflikt und die Flüchtlingskrise. In der Berichterstattung darüber haben die Medien nicht immer vorbildlich gearbeitet, was unter anderem dazu führte, dass nicht nur die fehlgeleiteten Persönlichkeiten, sondern auch die Medien Vertrauen eingebüßt haben.

Affären und Skandale überall

An zahlreichen Affären und Skandalen lässt sich eines ganz allgemein erkennen: Einen Fehler zu machen ist das eine. Der Umgang damit ist das andere. Wo immer Menschen ihre Fehler und Vergehen versuchen zu leugnen oder zu vertuschen oder sie nur nach und nach zugeben, schaden sie ihrer Glaubwürdigkeit – und so wird ein richtiger Skandal daraus. Alle Persönlichkeiten im Folgenden haben nicht nur anderen und sich selbst geschadet, sondern auch den Ämtern, die sie bekleideten, beziehungsweise den Institutionen oder Unternehmen, für die sie tätig waren.

Seit den 1990er-Jahren sind weltweit **Missbrauchsfälle** in der katholischen Kirche bekannt geworden. Priester hatten ihnen anvertraute Kinder sexuell missbraucht, genötigt und misshandelt. Teilweise waren diese Priester sogar als Lehrer an Schulen oder Internaten tätig und hatten damit eine sehr enge Bindung zu den Schülern und so auch eine Machtposition ihnen gegenüber.

Wer Kindern so etwas antut, muss bei der Polizei angezeigt werden, egal in welchem Land. Doch selbst wenn die Opfer den Mut hatten, ihren Eltern oder anderen Vertrauten davon zu erzählen, unternahm die Kirche kaum etwas oder gar nichts. Auffällig ist, dass die Kirchenoberhäupter zu vermeiden versuchten, dass von diesen Fällen etwas nach außen drang. Mehrfach wurden Priester, die sich meist schon über Jahre an vielen Kindern vergangen hatten, einfach nur in eine andere Stadt versetzt. Das hatte die Konsequenz, dass sie sich an ihrem neuen Einsatzort an weiteren Kindern vergehen konnten. Erst als die missbrauchten Kinder selbst erwachsen waren, fanden einige von ihnen den Mut, zur Polizei zu gehen. Indem immer mehr Fälle ans Licht kamen, wurde deutlich, dass es sich um ein globales Problem handelte: Weltweit hatten sich Priester an Kindern vergriffen. Und weltweit war die Kirche nicht ernsthaft dagegen vorgegangen, sondern hatte die Fälle vertuscht. Der Ruf der katholischen Kirche, ihre Glaubwürdigkeit und ihre Vorbildfunktion in Bezug auf die Nächstenliebe litten erheblich. Die Folgen waren unter anderem, dass weltweit Menschen aus der Kirche austraten. Nachdem im Januar 2010 auch Missbrauchsfälle am Berliner Canisius-Kolleg bekannt wurden, gab es in Deutschland rund 180 000 Kirchenaustritte in diesem Jahr – und damit etwa 40 % mehr als im Jahr davor.[5]

Kurz vor der Jahrtausendwende wurde publik, dass die CDU **illegale Spendengelder** in Millionenhöhe angenommen hatte. Die Einzelheiten der Geschichte sind zu zahlreich, um sie hier detailliert zu beschreiben. Wichtig ist, dass die Schlüsselfigur dieser Aktivitäten Helmut Kohl war, der bis kurz zuvor 16 Jahre lang Bundeskanzler gewesen war und die Wiedervereinigung Deutschlands vorangetrieben hatte. Die Kohl-Jahre waren also eigentlich gute Jahre für Deutschland. Doch dann erfuhren die Leute, dass ihr ehemaliger Bundeskanzler und einige andere Spitzenpolitiker der CDU während all dieser Jahre hinter dem Rücken der Bürger und Behörden versucht hatten, ihre Partei durch illegal erhaltenes Geld zu begünstigen. Das und die Tatsache, dass Kohl die Namen der Spender nicht nennen wollte, hat das Vertrauen der Deutschen in die CDU, aber auch in die Politik allgemein, erschüttert. Ein Jahr nach der Bundestagswahl 1998 waren die Umfragewerte der CDU noch hoch – bei bis zu 50 %. Nachdem die Spendenaffäre bekannt wurde, sanken die Werte auf rund 35 %. Erst 2013 hat die CDU/CSU in Bundestagswahlen wieder über 40 % der Stimmen erhalten.[6]

Spekulative Geschäfte auf dem US-amerikanischen Immobilienmarkt führten 2007/2008 zu einer Bankenkrise, die sich zu einer **weltweiten Wirtschaftskrise** auswuchs.[7] Einige Banken – auch in Deutschland – standen kurz vor dem Bankrott. Weil ihr Zusammenbruch die Wirtschaft jedoch weiter ins Schleudern gebracht hätte und unter anderem steigende Arbeitslosenzahlen die Folge gewesen wären, beschlossen Politiker, die Banken mit Steuergeldern zu retten.[8] Viele Menschen verstanden nur schwer, wie es zu dieser Wirtschaftskrise gekommen war; die Ursachen dafür sind sehr komplex. Gleichzeitig war es für den Durchschnittsbürger nicht nachvollziehbar, was passieren würde, wenn man die Banken nicht mit Steuergeldern rettete. In Deutschland waren zu diesem Zeitpunkt 10 % Prozent der Bürger privat verschuldet.[9] Auch wenn das nicht vergleichbar ist: Für viele war es damals unverständlich, warum jeder einzelne von ihnen seine Schulden selbst abbezahlen musste, die Banken, welche doch durch eigenes Verschulden in diese Lage geraten waren, aber mit Steuergeldern gerettet wurden.[10]

Im Jahr 2011 wurde bekannt, dass der damalige Verteidigungsminister, **Karl-Theodor zu Guttenberg** (CSU), ein junger Freiherr von 39 Jahren[11], Teile seiner Doktorarbeit abgeschrieben hatte. Bis zu diesem Zeitpunkt war Guttenberg ein Liebling der Medien gewesen. Mehr als 600 Artikel über ihn waren laut einer Untersuchung der Tageszeitung *taz* in nur 18 Monaten in sechs großen deutschen Zeitungen und Magazinen erschienen.[12]

Die Plagiatsvorwürfe leugnete Guttenberg zunächst, dann gab er schrittweise zu, dass es Probleme mit seiner Arbeit gebe – eine Strategie, die man als »Salamitaktik« bezeichnet, weil er nur Teilgeständnisse machte, so wie man einzelne Scheiben von einer Salami abschneidet. Als die Universität Bayreuth, die Guttenberg promoviert hatte, ihm seinen Doktortitel schließlich entzog, trat er kurz darauf zurück.[13] Selten ist ein Politiker in Deutschland so schnell so beliebt geworden wie Guttenberg, umso größer war später die Enttäuschung der Menschen. Die Empörung über sein Fehlverhalten wurde auch in der Presse wiedergegeben und mit Bezeichnungen wie »Lügenbaron«

hochgespielt.[14] In der Folge begann eine regelrechte Jagd auf Plagiate in Deutschland. Auf Websites wurden Doktorarbeiten verschiedener Persönlichkeiten überprüft. Unter anderem verloren die damalige Bundesbildungsministerin Annette Schavan (CDU), die FDP-Europaabgeordneten Silvana Koch-Mehrin und Jorgo Chatzimarkakis sowie die Unternehmerin und Politik-Beraterin Margarita Mathiopoulos ihre Doktortitel.[15]

Im Dezember 2011 dachten einige Journalisten, sie hätten den **Bundespräsidenten Christian Wulff** (CDU) beim Lügen ertappt. Als er noch Ministerpräsident von Niedersachsen gewesen war, hatte er im Landtag auf die Frage, ob er Geschäftsbeziehungen zu einem Unternehmer namens Egon Geerkens habe, »Nein« geantwortet. Nun hatte die *BILD*-Zeitung aber herausgefunden, dass Wulff von Geerkens' Frau einen privaten Kredit über 500 000 Euro erhalten hatte, um mit seiner Familie ein Haus kaufen zu können. Wie es üblich ist (S. 116), hat die *BILD* Wulff kurz vor der Veröffentlichung dieses Berichts die Gelegenheit gegeben, dazu Stellung zu nehmen. Wulff war zu diesem Zeitpunkt gerade auf Dienstreise im Ausland, rief darum den damaligen Chefredakteur der *BILD*, Kai Diekmann, zurück und sprach ihm, als dieser nicht ans Telefon ging, auf die Mailbox. Diese Nachricht wurde nie vollständig veröffentlicht. Aber aus Ausschnitten ist bekannt, dass Wulff Diekmann einerseits um mehr Zeit bat, auf den Bericht zu reagieren. Andererseits drohte er ihm mit Strafanzeigen[16] und sagte, dass sie miteinander »Krieg« führen würden, wenn die *BILD* den Artikel veröffentliche, und dass dies den »endgültigen Bruch«[17] zwischen dem Bundespräsidenten und dem Springer-Verlag bedeuten würde. Ende 2011 machte die *Frankfurter Allgemeine Sonntagszeitung* diesen Anruf Wulffs bei Diekmann öffentlich.[18] Von einigen Juristen wird er als Verstoß gegen die Pressefreiheit gewertet (S. 86).

Bis zu diesem Zeitpunkt war das Ehepaar Wulff, ähnlich wie die Guttenbergs, bei den Medien sehr beliebt: Sie waren jünger als jedes andere Paar zuvor im Schloss Bellevue, dem Sitz des Bundespräsidenten, und erschienen glamourös. Doch dieser positive Blick auf sie änderte sich nun. Ihr Leben wurde bis in die hinterste Ecke durchwühlt: Bei jedem Geschenk, jeder Einladung, jedem Urlaub wurde untersucht, ob es sich nicht vielleicht um Bestechung gehandelt haben könnte. Ständig gab es neue Veröffentlichungen in der Wulff-Affäre, die bald schon ins Absurde abdrifteten – zum Beispiel, wenn es darum ging, wer das Bobby-Car von Wulffs Sohn bezahlt hatte.[19] Doch der Wirbel, den die Presse machte, beeindruckte offenbar die Staatsanwaltschaft. Um gegen Wulff zu ermitteln, musste sie beim Bundestagspräsidenten eine Aufhebung seiner Immunität beantragen[20], vorher darf sie gegen ein Staatsoberhaupt keine Untersuchungen einleiten (Gleiches gilt übrigens auch für Abgeordnete gesetzgebender Parlamente)[21]. Als die Staatsanwaltschaft diesen Antrag stellte, trat Wulff zurück.

Letztendlich blieb von den 21 Vorwürfen gegen Christian Wulff wegen Bestechlichkeit nur einer übrig.[22] Bei dem ging es um eine Hotelrechnung in Höhe von mehreren Hundert Euro. Im Februar 2014 wurde Wulff freigesprochen.[23]

Zum Fall Wulff hieß es immer wieder: Wer mit der *BILD* »im Aufzug nach oben fährt, der fährt auch mit ihr im Aufzug nach unten.«[24] Das bezieht sich darauf, dass die Wulffs schon vor der Affäre von der *BILD* und anderen Zeitungen »hochgeschrieben« wurden, wie Journalisten es ausdrücken. Manche sagen sogar, Wulff habe eine Art »Geschäftsbeziehung« mit der *BILD* gepflegt: Das Paar hat schöne Geschichten und Fotos exklusiv an die *BILD* gegeben, dafür hat die Redaktion freundlich über sie berichtet – und alle waren glücklich.[25]

Doch als dann die Krise kam, ging es mit genauso viel Aufmerksamkeit und wenig Gnade auch wieder »runter«. Was folgte, glich einem Machtkampf zwischen mehreren Medien und dem Bundespräsidenten. Der Deutsche Journalistenverband (DJV) hielt im Nachhinein fest, einige Journalisten seien im Fall Wulff tatsächlich übers Ziel hinausgeschossen.[26] »Die Causa Wulff war und ist ein Lehrstück für die Pressefreiheit. Diese Pressefreiheit ist nicht dafür da, Journalisten lust- und machtvolle Gefühle zu verschaffen. Sie ist nicht die Freiheit zur Selbstermächtigung und Selbstbefriedigung, die in einem Rücktritt den Höhepunkt findet. Die Pressefreiheit ist für die Demokratie da; und Demokratie ist etwas anderes als eine Meute, die Beute will«[27], schrieb der *SZ*-Journalist Heribert Prantl später. Historisch blieb für den damaligen DJV-Bundesvorsitzenden Michael Konken aber ebenso das Vorgehen Christian Wulffs: »Auch aus heutiger Sicht ist Wulffs Anruf auf der Mailbox des *BILD*-Chefredakteurs als versuchte Einflussnahme auf die Berichterstattung zu bewerten«, sagte Konken.[28]

In einem Staat gibt es Regeln, die für alle gelten. Er funktioniert nur, wenn sich auch alle daran halten. Die Affären um Christian Wulff und Karl-Theodor zu Guttenberg haben viele Menschen so verärgert, weil sie den Eindruck hatten, diese prominenten Politiker meinen, sie könnten sich über diese Regeln hinwegsetzen. Fälle solcher Art gab es in den letzten Jahren viele, auch jenseits der Politik, und immer haben sie für viel Aufsehen gesorgt. Beispielsweise wenn Prominente **Steuern hinterzogen**, wie der frühere *ZEIT*-Herausgeber Theo Sommer, der FC-Bayern-Präsident Uli Hoeneß, die Journalistin und Autorin Alice Schwarzer, der ehemalige Vorstandsvorsitzende der Deutschen Post, Klaus Zumwinkel, oder der frühere Tennis-Star Boris Becker.[29] Sie alle haben sehr gut verdient, weit mehr als die meisten anderen Bürger in Deutschland, und trotzdem versuchten sie, der Gesellschaft ihren finanziellen Beitrag vorzuenthalten. Dieser besteht darin, Steuern zu zahlen, von denen etwa Schulen und Straßen, aber auch soziale Einrichtungen finanziert werden. Dies mag von Bürgern, die ihre Steuern zahlen, als ungerecht empfunden worden sein.

Für viele Menschen sind Berichte über Skandale wie die um Kohl, Wulff und Hoeneß sehr weit entfernt von dem Alltag, den sie in der Familie, bei der Arbeit oder in der Schule erleben. Sie wünschen sich eher, dass ihre Probleme und Sorgen gehört und thematisiert werden – von den Medien, aber auch von der Politik. Die Medien tun das vor allem in Reportagen, die von beispielhaften Einzelschicksalen erzählen. Auch Politiker informieren sich regelmäßig über das Wohlergehen der Bevölkerung, indem sie zum Beispiel Untersuchungen in Auftrag geben. Auf der Seite www.armuts-und-reichtumsbericht.de taucht als Erstes die Frage auf: »Warum berichten wir über Armut und Reichtum in Deutschland? Die Diskussion darüber, was Armut und Ungleichheit für unser Land bedeuten, soll offen geführt werden.« Hintergrund der Homepage ist der sogenannte **Armuts- und Reichtumsbericht der Bundesregierung**. Im Jahr 1999 wurde die Bundesregierung durch einen Antrag von SPD und Bündnis 90/Die Grünen aufgefordert, einen Bericht über die Armen und Reichen in Deutschland zu erstellen.[30] Seitdem ist dieser Bericht fünfmal erschienen; er wird vom Bundesministerium für Arbeit und Soziales alle vier Jahre erstellt. Doch mittlerweile ist bekannt, dass es sich bei mehr als einem der veröffentlichten Berichte der Regierung um eine beschönigende Fassung handelt. Die Änderungen ließen negative Aspekte unter den Tisch fallen.[31]

Besonders gut lässt sich das an dem Bericht von 2012 erkennen. Der erste Entwurf des Arbeitsministeriums wurde zur Abstimmung an andere Ministerien geschickt.

Im überarbeiteten Entwurf tauchten danach bestimmte Passagen und Informationen gar nicht mehr oder nicht mehr so deutlich auf. So stand im ersten Entwurf noch, dass die Löhne der Menschen, die gut verdienen, gestiegen waren, während die Löhne der Menschen, die wenig Geld verdienen, in den vergangenen zehn Jahren gesunken waren. Der Abstand zwischen den Einkommen habe also zugenommen, eine Tatsache, die das »Gerechtigkeitsempfinden der Bevölkerung«[32] verletze und »den gesellschaftlichen Zusammenhalt«[33] gefährden könne. In der überarbeiteten Fassung sind diese Informationen so nicht mehr zu lesen. Auch der Satz »Allerdings arbeiteten im Jahr 2010 in Deutschland knapp über vier Mio. Menschen für einen Bruttostundenlohn von unter sieben Euro«[34] wurde komplett gestrichen.

Doch Journalisten erfuhren von der ersten Fassung und konnten so über die Unterschiede berichten. Offenbar war der Bericht vor allem im Wirtschaftsministerium geändert worden. Auf Nachfrage der Medien sagte der damalige Wirtschaftsminister Philipp Rösler, der Entwurf des Berichts habe nicht »der Meinung der Bundesregierung«[35] entsprochen. Da könnte man sich fragen: Geht es denn bei so einem Bericht um Meinungen – oder um Fakten?

Als der Bericht schließlich einige Monate später offiziell veröffentlicht wurde, betonte Rösler: »Deutschland ging es noch nie so gut wie heute.«[36] Das muss den Menschen, die in schwierigen Verhältnissen leben und deren Armut gerade von Röslers Ministerium aus dem Bericht gestrichen worden war, wie Hohn vorgekommen sein.

Auch die Bundeskanzlerin hatte kurz vorher im Bundestag gesagt, Deutschland ginge es »so gut wie nie zuvor«[37]. Menschen, die in unverändert armen Verhältnissen lebten, fühlten sich womöglich ausgeschlossen und Deutschland nicht zugehörig. Im Jahr 2016 hat Angela Merkel diesen Satz fast wörtlich im Bundestag wiederholt: »Den Menschen in Deutschland ging es noch nie so gut wie im Augenblick.«[38] Doch diesmal schränkte sie die Äußerung etwas ein – vielleicht war ihr in der Zwischenzeit bewusst geworden, dass ihre vorherige Aussage viele Menschen gekränkt hatte. Sie stellte dem Satz also voran: »[B]ei allem, was es noch zu kritisieren gibt – und ich weiß, dass viele Menschen Not haben, und ich halte die Zahl der Menschen, die von Arbeitslosengeld II, von Hartz IV abhängig sind, auch für viel zu hoch; daran müssen wir arbeiten –, dürfen wir sagen: Den Menschen in Deutschland ging es noch nie so gut wie im Augenblick. Auch das muss einmal festgehalten werden.«[39] Wenige Monate später wurde allerdings bekannt, dass die Bundesregierung am darauffolgenden Armutsbericht ebenfalls etwas verändert hatte.[40]

Auch diese Überarbeitungen wurden öffentlich, weil sich die Wissenschaftler, die Forschungsergebnisse für den Bericht zusammengetragen hatten, an die Presse wandten. Es wird einige Bürger und Wähler frustriert haben, dass eine Regierung auf der einen Seite medienwirksam verkündet, Deutschland gehe es so gut wie nie, und auf der anderen Seite Berichte darüber, dass es Menschen in Deutschland vielleicht doch nicht so gut geht, beschönigt. Der Publizist Norbert Schneider hält fest, viele Menschen hätten das Gefühl: »Ich komme nicht vor«.[41] Sie wollen Aufmerksamkeit und Anerkennung, und sei es für die Armut, in der sie leben.

Politische Krisen

In der **Ukraine**, die an den Osten der Europäischen Union und an Russland grenzt, hat sich ein bewaffneter Konflikt ausgebreitet. Dieser Krieg spielt für die Frage nach dem Vertrauen in die Medien eine große Rolle, weil darüber gestritten wurde, wie unparteiisch die Medien von dort wirklich berichtet haben. Er hat verschiedene Phasen durchlaufen, ist kompliziert und könnte ein eigenes Buch füllen. Darum sei an dieser Stelle nur kurz zusammengefasst, was bisher in der Ukraine passiert ist, um sich dann der Berichterstattung über dieses Thema zu widmen.

Im Frühjahr 2014 besetzten russische Truppen die ukrainische Halbinsel Krim.[42] Laut dem Ergebnis einer kurz darauf durchgeführten, aber gefälschten Volksabstimmung auf der Krim zogen 95 % der dort lebenden Bürger eine Zugehörigkeit zu Russland vor.[43]

Auch im Osten der Ukraine, in den Gebieten Donezk und Luhansk, kämpfen Separatisten, vom Kreml mit Waffen und Soldaten unterstützt, gegen ukrainische Truppen.[44] Die Separatisten streben einen Anschluss der von ihnen besetzten Gebiete im Osten der Ukraine an Russland an. Im Februar 2015 wurde von den Beteiligten das sogenannte Minsker Abkommen unterzeichnet, in dem unter anderem ein Waffenstillstand vereinbart wurde.[45] Bis heute wird dieses Abkommen ständig verletzt. Mitte Juli 2017 riefen die Separatisten im Donbass sogar den neuen Staat »Kleinrussland« aus.[46]

Die Berichterstattung aus der Ukraine und den besetzten Gebieten ist schwierig – und das nicht nur, weil dort Krieg herrscht, sondern auch, weil die Stimmung rund um den Konflikt international sehr aufgeheizt ist. Der ukrainische Journalist Maxim Eristavi, der sowohl für amerikanische Medien als auch für russische Staatsmedien gearbeitet hat, schrieb über die Lage 2015: »Mein Arbeitsalltag als ukrainischer Journalist ist ein brutales Informationsschlachtfeld. Seit dem Krieg zwischen Russland und der Ukraine spielt sich auch ein beispielloser Propagandakrieg ab; wir versinken in einer Flut von Fehlinformationen und halb garen Interpretationen.«[47] Der deutschen ARD-Korrespondentin Golineh Atai, die ebenfalls über die Ukraine berichtet, erzählten russische Kollegen, wie die Staatsmedien in Russland arbeiteten und dass sie Strategiepapiere erhielten, die »vorschreiben, wie sie argumentieren, wie sie ihre Beiträge aufbauen sollen, welche Worte fallen sollen«[48]. Das ist die eine Seite der Berichterstattung. Mittlerweile gibt es Beweise dafür, wie der russische Staat gezielt Einfluss auf die Berichterstattung in den Separatistengebieten nimmt (S. 78).

Russland leugnet, am Krieg in der Ukraine beteiligt zu sein[49], obwohl dort immer wieder russische Soldaten gefasst werden.[50] Gleichzeitig wurde auch westlichen Medien vorgeworfen, tendenziös, also pro-europäisch, berichtet zu haben. Dabei wird einigen westlichen Journalisten der Zugang zu den Separatistengebieten erschwert oder unmöglich gemacht. Alice Bota, Moskau-Korrespondentin der *ZEIT*, berichtete einerseits von ukrainischen Freiwilligenbataillonen, andererseits von Separatisten, die durch Russland unterstützt wurden, und Menschen, die in den besetzten Gebieten in Bunkern leben. »Kern unserer Arbeit«, so schreibt Bota, »ist es, von beiden Seiten eines Konflikts zu berichten, um ihn besser zu verstehen [...]. Doch man hindert uns daran.« Eines Tages wurden sie und ihr Kollege von der Einreise in die prorussischen, besetzten Gebiete abgehalten. Seitdem können sie nicht mehr aus den Separatistengebieten berichten. »Das Fehlen von Berichten wurde politisch gegen uns Journalisten verwendet. Die Sprecherin des russischen Außenministeriums warf den westlichen Medien vor, sie berichteten nur von der ukrainischen Seite. Und das trifft zu: Seit zwei Jahren hat etwa die *ZEIT* keine Reportage aus den Separatistengebieten veröffentlicht. Es war schlicht nicht möglich, wir durften nicht vor Ort sein.«[51] Mit Sicherheit haben einige westliche Journalisten, also auch Journalisten aus Deutschland, einen pro-europäischen Blick auf die Lage der Ostukraine gehabt. »Dennoch«, so schreibt Maxim Eristavi, »gibt es einen Unterschied zwischen Sensationslust, Verallgemeinerung oder Vorurteilen einerseits [Anmerkung der Verfasserin: im Westen] und blanken Lügen [aus Russland] andererseits«[52].

Während der Ukrainekrise beschwerten sich Leser und Zuschauer in Deutschland heftig über Journalisten. »Als ob mit Beginn des Jahres 2014 ein Schalter umgelegt worden sei, schoss der Umfang des Feedbacks plötzlich in die Höhe«, erinnert sich ARD-aktuell-Chefredakteur Kai Gniffke.[53] Es kam zu Anfeindungen nie da gewesener Art und auch zu »Lügenpresse«-Rufen[54] (S. 61).

Der im Sommer 2015 stark zunehmende Zustrom von Migranten, die **»Flüchtlingskrise«** in Deutschland und Europa, ist die zweite Krise der jüngsten Zeit, die in die europäischen Geschichtsbücher eingehen wird.[55] Seit Monaten konnte man im Fernsehen Bilder sehen, die überfüllte Flüchtlingsboote auf dem Mittelmeer zeigten. Menschen aus dem Nahen Osten und aus Afrika machten sich in unsicheren Booten auf diesen extrem riskanten Weg über das Meer, um in Europa Asyl zu beantragen. Sie flohen vor Krieg, Verfolgung und Armut in ihrer Heimat und waren so verzweifelt, dass sie das Risiko in Kauf nahmen, im Mittelmeer zu ertrinken. Andere Flüchtlinge versuchten, aus dem Nahen Osten über die Balkanstaaten nach Europa zu gelangen, diese Wege werden zusammenfassend als »Balkanroute« bezeichnet.

Jeder Nicht-Europäer, der einen Mitgliedsstaat der Europäischen Union erreicht und vor Krieg und Verfolgung flieht, kann Asyl beantragen. Diesen Antrag muss er in dem EU-Land, in dem er als Erstes angekommen ist, stellen. Dort wird über diesen auch entschieden, so regelt es das sogenannte Dublin-Verfahren.[56] Flüchtlinge, die in andere Länder weitergereist sind, werden demnach zurück in das Land geschickt, in dem sie zum ersten Mal europäischen Boden betreten haben. Die Bundesrepublik Deutschland ist von EU-Nachbarn umgeben. Kein Flüchtling kann also nach Deutschland gelangen, ohne zuvor durch ein EU-Land zu reisen, es sei denn, »er fällt vom Himmel«, wie die *ZEIT* schrieb.[57]

Am ersten Septemberwochenende spitzte sich die Lage zu. Wenige Tage zuvor hatte das deutsche Bundesamt für Migration und Flüchtlinge getwittert: »#Dublin-Verfahren syrischer Staatsangehöriger werden zum gegenwärtigen Zeitpunkt von uns weitestgehend faktisch nicht weiter verfolgt.«[58] Das sollte heißen: Auch unregistrierte Flüchtlinge würden in Deutschland aufgenommen. Tausende Flüchtlinge, die auf ihrem Weg über die Balkanroute am Budapester Bahnhof in Ungarn gestrandet waren, machten sich zu Fuß auf den Weg Richtung Österreich und Deutschland. Angela Merkel und der damalige österreichische Bundeskanzler Werner Faymann wollten vermeiden, dass die Flüchtlinge von Polizisten oder gar Soldaten gestoppt würden. Sie dachten, so würden Bilder entstehen, die Deutschland und Europa nicht verkraften könnten: schwer bewaffnete Uniformierte auf der einen Seite, erschöpfte und verzweifelte Zivilisten auf der anderen. Schließlich wurden die Flüchtlinge mit Bussen und Zügen erst nach Österreich und sehr viele weiter nach Deutschland transportiert. Am Münchner Hauptbahnhof wurden sie von freiwilligen Helfern unter Jubel und Applaus begrüßt und mit Getränken, Lebensmitteln und die Kinder mit

Spielzeug versorgt. Die Bilder davon gingen um die ganze Welt.[59] Viele Zeitungen und Zeitschriften druckten sie auf ihren Titelseiten und versahen sie mit Überschriften, die die Flüchtlinge willkommen hießen. Auch Journalisten sind Menschen; einige ließen sich vom Jubel der Helfer anstecken. Das ist problematisch, denn eigentlich ist es Aufgabe von Journalisten, neutral zu bleiben (S. 109).

Doch nicht alle in Deutschland waren zufrieden mit dieser Entwicklung. In der Politik gab es Vertreter, die Angela Merkels Entscheidung, die Flüchtlinge in Deutschland aufzunehmen, für einen Fehler hielten. Einer von ihnen ist Horst Seehofer, Bayerns Ministerpräsident und Vorsitzender der CSU, dem Koalitionspartner der CDU in der Bundesregierung.[60] Die Gegner kritisierten unter anderem, dass die Flüchtlinge, die in diesen Tagen nach Deutschland kamen, nicht registriert und nicht nach Sicherheitskriterien überprüft wurden. Immerhin trafen allein an diesem Wochenende 17500 Menschen ein.[61] In den folgenden Tagen ging es so weiter, jeden Tag kamen mehrere Tausend Flüchtlinge in Deutschland an, am Wochenende danach sogar 20000.[62] Die rechtspopulistische Partei AfD, die damals nach einem Rechtsruck viele Anhänger verloren hatte, erhielt großen Zulauf, als sie sich gegen die Willkommenskultur in Deutschland positionierte, und erstarkte wieder.[63] In Dresden hatte sich schon Ende Oktober 2014 die Bewegung »PEGIDA« (»Patriotische Europäer gegen die Islamisierung des Abendlandes«) formiert.[64] AfD und PEGIDA behaupteten, die abendländische Kultur sei bedroht durch die Einreise so vieler Nicht-Europäer. In den Jahren 2015 und 2016 stellten ungefähr 1,2 Millionen Menschen in Deutschland einen Asylantrag.[65] Insgesamt leben in Deutschland knapp 83 Millionen Menschen. Die Flüchtlinge machten also rund 1,5 % der Bevölkerung aus.[66] Erst als der ungarische Ministerpräsident Viktor Orbán am 15. September 2015 anordnete, die südliche Grenze Ungarns zu schließen, ließ der Flüchtlingsstrom über die Balkanroute merklich nach.[67]

In den Medien versiegte das Thema Flüchtlingskrise aber nicht. Im Gegenteil: Journalisten begannen, das Thema aus jeder nur denkbaren Perspektive zu betrachten – politisch, kulturell, sozial, historisch usw. Schnell wurde die Flüchtlingskrise allgegenwärtig, die Berichterstattung darüber war nicht zu ignorieren.

Natürlich mussten und müssen die Medien über die Flüchtlingskrise und deren Folgen berichten, doch es schien zeitweise, als verlören sie jedes Maß. »Für eine kurze Zeit schwappt ein Thema auf die Medienagenda und spült alle anderen weg«, analysiert die Journalistin Laura Díaz. »Keiner gibt den Befehl, aber alle gehorchen. Wir Journalisten ordnen nicht mehr ein, wir ordnen uns unter, hyperventilieren von einer Krise zur nächsten.«[68] Das blieb nicht ohne Folgen: Nur ein knappes Drittel der deutschen Bevölkerung meinte, dass die Medien »ausgewogen« über die Flüchtlingskrise informierten. Fast die Hälfte der Menschen hatte den Eindruck, die Medien würden »einseitig« darüber berichten.[69] Nur ein Viertel der Deutschen glaube, dass die Medien ein korrektes Bild des Bildungsniveaus und des Anteils von Familien und Kindern unter den Flüchtlingen zeichnen, hieß es aus einer Studie des Instituts für Demoskopie Allensbach im *SPIEGEL*.[70] Es kam zu einer Art »Gelingens-Berichterstattung«[71], wie Ulrich Clauß in der *WELT* schrieb: Probleme wurden meist im Abstrakten belassen, Chancen und Erfolge dagegen konkret geschildert. Dabei beschäftigten viele Menschen zu dieser Zeit bereits die Folgen der großen Anzahl von Migranten. Sie hatten Sorge, dass etliche analphabetische und unausgebildete Menschen, vor allem junge Männer, kommen, die das Sozialsystem in Deutschland belasten oder sogar ausnutzen würden. Erst recht, wenn diese anschließend ihre Familien nach Deutschland holten.[72] Viele Leute hatten den Eindruck, sie dürften über solche Sorgen nicht offen sprechen, und mussten gleichzeitig feststellen, dass ihre Gedanken von den Medien überhaupt nicht nachvollzogen oder repräsentiert wurden. Einige wandten sich darum von den klassischen Medien ab, manch einer rief vielleicht auch in diesem Zusammenhang »Lügenpresse«.

Und nicht überall blieb es bei den Rufen. Allein von Januar bis November 2015 kam es deutschlandweit zu 747 Straftaten gegen Flüchtlingsunterkünfte. Die Übergriffe auf Asylbewerberheime reichten von Sachbeschädigung bis zu Brandanschlägen gegen bewohnte Unterkünfte, die zum Teil als Mordversuch gewertet wurden.[73] Diese Zahlen zeigen, dass in aufgeheizter Stimmung auf Worte durchaus Taten folgen.

Mit diesem Überblick über die Skandale, Krisen und Affären der letzten Jahre sind längst nicht alle relevanten Themen genannt. Es handelt sich lediglich um eine Auswahl an besonders repräsentativen Beispielen. Hinzu kamen die Euro- und die Griechenlandkrise und Skandale in der Wirtschaft, wie die Betrügereien beim ADAC 2014, der Abgasskandal 2015 sowie die Recherchen über die »Panama Papers« 2016. Zwischendurch erschütterten die Menschen Terrorattacken in Nizza, Paris, London, Berlin, Manchester und an vielen anderen Orten der Welt. Zudem rissen Naturkatastrophen wie Erdbeben, Stürme, Tornados oder der Tsunami, der die Atomkatastrophe von Fukushima auslöste, die Menschen immer wieder aus ihrem alltäglichen Leben. Auch wegen Krankheiten und Lebensmittelskandalen sorgten sich die Menschen: Seit den 1990er-Jahren waren das etwa der sogenannte Rinderwahn (BSE), die Schweinegrippe, die Vogelgrippe, die Sorge vor Pferdefleisch im Essen und das Ebola-Virus.

Angesichts dieser Krisen und zum Teil angsteinflößender Informationen gibt es mittlerweile viele Menschen, die den Fernseher zu den Nachrichten gar nicht mehr anschalten oder eine Zeitung in die Hand nehmen wollen. Sie sind medienverdrossen: All die Skandale und Probleme der Welt lassen sie frustriert, ernüchtert und ohnmächtig zurück. Unsere ständige Erreichbarkeit und die Tatsache, dass wir alle im Zuge der Globalisierung mit Nachrichten aus der ganzen Welt konfrontiert werden, überfordert sie.[74]

Einige wollen sich darum abschotten und ihre Heimat

beschützen, sie wünschen sich zurück in eine einfachere Welt mit einfachen Lösungen. Und in vielen Ländern gibt es Politiker, die genau das versprechen: in Deutschland bei der AfD, in Frankreich beim Front National und in den USA steht dafür Donald Trump.

Doch es ist ein Schritt in die falsche Richtung, sich gar nicht mehr mit dem auseinanderzusetzen, was in der Welt passiert. »Es gibt kein Recht auf ein von der Geschichte unbelästigtes Leben«, schreibt der *SPIEGEL*-Journalist Nils Minkmar.[75] Die Globalisierung lässt sich nicht rückgängig machen, nicht einmal aufhalten. In Deutschland ist die Politikverdrossenheit seit einigen Jahren ein Thema, die Menschen fühlen sich von den Vertretern der großen Volksparteien nicht mehr repräsentiert.[76] Heute gibt es die AfD. Auch die Beziehung zu den Medien ist von Verdrossenheit geprägt, mittlerweile sind wir beim Vorwurf der »Lügenpresse« und den »Fake News« angekommen.

Digitalisierung

Aus heutiger Sicht ist es schwer vorstellbar, aber: Es gab eine Zeit vor dem Internet. Da erfuhr man Neuigkeiten aus dem Radio, der Zeitung oder dem Fernseher. Wem etwas nicht gefiel, der konnte per Post einen Leserbrief schicken oder in Redaktionen anrufen. Bis zum Ende des 20. Jahrhunderts haben im Wesentlichen noch Journalisten entschieden, welche Information eine Nachricht wert ist und welche nicht. Sie hatten eine sogenannte Gatekeeper-Funktion, waren also diejenigen, die entschieden, welche Nachrichten veröffentlicht wurden und welche nicht.[77]

Mit der Digitalisierung änderte sich das – zwar schleichend, aber je weiter wir fortschreiten, desto deutlicher wird, wie umfassend diese Änderung ist. Wissen kann im Internet unendlich zur Verfügung gestellt werden. Wenn Menschen sich heute informieren wollen, ist das Internet häufig ihre erste Anlaufstelle und manchmal auch einzige Quelle. Darum zog auch der Journalismus dort ein, *SPIEGEL ONLINE* beispielsweise gibt es seit 1994.[78] Heute passen sich alle Medienhäuser an das Internet an: Sie stellen ihre Inhalte auf Websites und mit Apps zur Verfügung und halten zu ihren Lesern, Zuhörern und Zuschauern Kontakt.

Für die Medienwelt hat die Digitalisierung viele Vorzüge, aber auch ganz neue Herausforderungen mit sich gebracht. Die Vorteile waren offensichtlich: Journalisten konnten viel schneller als bisher auf Neuigkeiten reagieren. Musste man früher auf die Tageszeitung vom nächsten Morgen warten, kann man heute im Netz nahezu live erfahren, was in der Welt passiert. Verstärkt durch Social-Media-Kanäle wie Twitter kann man sagen: Das Zeitalter des Echtzeit-Journalismus ist angebrochen.[79] Am besten wird das an Livetickern auf Nachrichten-Websites erkennbar, ob zu plötzlich aufkommenden Nachrichtenlagen oder vorhersehbaren Ereignissen, wie beispielsweise einer Wahl oder einem wichtigen Fußballspiel. Sind Texte und Bilder für Printmedien erst einmal gedruckt, stehen sie. Im

Netz bleiben Nachrichten in einem dynamischen Prozess gestaltbar – sie können aktualisiert, präzisiert und, falls nötig, auch korrigiert werden. Doch natürlich birgt diese Schnelligkeit auch Risiken. Nicht immer ist es leicht, über eine Nachrichtenlage so schnell einen Überblick zu bekommen, dass man weiß, was berichtet werden kann. Deswegen passieren auch leichter Fehler (S. 117).

Ein weiterer Vorteil ist wiederum, dass Journalisten im Netz mit allen zur Verfügung stehenden Medienformen berichten und diese auch miteinander verbinden können. Besonders gut lässt sich das bei Multimediareportagen beobachten. Da werden Texte und Bilder, Videos und Geräuschkulissen mit Tweets und Grafiken kombiniert.

Natürlich haben sich auch die Recherchemöglichkeiten für Redaktionen verändert. Viele Informationen und Bilder sind über Online-Archive digital verfügbar, und überhaupt können sie viel schneller über die ganze Welt hinweg ausgetauscht werden. Sogenannte Datenjournalisten analysieren riesige Datensätze: Sie finden zum Beispiel in seitenweisen Tabellen die größten Profiteure von Subventionen oder mutmaßliche Steuerhinterzieher in den zugespielten »Panama Papers«.

Teils als Vorteil, teils als Herausforderung betrachten vermutlich viele Journalisten die Möglichkeiten der Interaktion mit den Lesern, Zuschauern und Zuhörern, die sich durch die Digitalisierung ergeben haben. Auf vielen Homepages können User Kommentare unter den journalistischen Beiträgen hinterlassen. Viele nutzen dafür auch Facebook, Twitter oder eigene Blogs. Das kann sehr produktiv sein, wenn die Kommentare auf Fehler hinweisen oder einen echten Beitrag zur Debatte leisten. Manche Menschen fühlen sich aber in ihrer Anonymität im Netz so sicher, dass sie beleidigen oder hetzen und dabei manchmal sogar gegen das Gesetz verstoßen.[80] Im besten Fall entwickeln Medien jedoch eigene Communitys, die ihnen treu bleiben und sich produktiv an Diskussionen beteiligen.

So aufregend und vielfältig die »schöne neue Internetwelt« auch ist, für gedruckte Zeitungen und Magazine hatte sie erhebliche Folgen. Denn warum sollte man für Gedrucktes noch Geld ausgeben, wenn im Netz alle Informationen kostenlos zur Verfügung stehen? Vergleicht man in Deutschland die Einzelverkäufe am Kiosk plus die Abonnementzahlen von Zeitschriften und Magazinen zwischen 2009 und 2014, sanken bei 89 % von ihnen die Auflagen. Nur 47 von 425 Magazinen konnten die Anzahl der Abos und der Einzelverkäufe erhöhen.[81] Viele Printmedien befinden sich also in einer Krise.[82]

Nach und nach scheint durch das kostenlose Angebot im Netz auch das Ansehen des Journalismus allgemein in den Augen vieler Leser gesunken zu sein, frei nach dem Motto: Was nichts kostet, ist nichts wert.

Viele Verlage fingen an zu überlegen, wie sie die Finanzierung ihrer Redaktionen für die Zukunft sichern könnten. Zu diesem Zeitpunkt waren auf den meisten Nachrichtenseiten im Netz alle Artikel noch kostenlos zu lesen. Lediglich die eine oder andere Werbung war am Rand zu sehen. Je mehr Leute einen Artikel lasen – beziehungsweise nur anklickten –, desto besser für die Werbung. Der Klick wurde die neue relevante Größe im Journalismus. Das sorgte für einen unschönen Trend, auch unter seriösen Journalisten, der auch in Deutschland unter dem englischen Begriff »Clickbaiting« bekannt ist. »To bait« bedeutet so viel wie »ködern«. Es geht also darum, die User zu möglichst vielen Klicks zu verlocken. Für manche Websites wie *Buzzfeed* oder *Huffington Post* wurde das ein zentrales Geschäftsmodell. In ihren Überschriften und Teasern kündigen sie geheimnisvoll Neuigkeiten oder Erkenntnisse an, sodass der neugierige Leser sofort wissen will, was dahintersteckt, und auf den Artikel klickt. Auch traditionelle Nachrichten-Websites haben sich von diesem Trend anstecken lassen. Je reißerischer die Überschrift, je lauter das Foto, je spannender der Teaser, umso mehr Klicks – und desto mehr Einnahmen. Das ist natürlich für viele Verlage angesichts der Printkrise nicht unwichtig.

Doch die Sucht nach Klicks birgt die Gefahr, die Leser enttäuscht zurückzulassen. Zu häufig werden ihre Erwartungen nicht erfüllt, waren Leser verärgert, weil unwichtige Nachrichten aufgebauscht wurden. Das betrifft auch die Fälle der bereits beschriebenen Skandale und Affären. Ein solches Verhalten wird von den Lesern registriert. Sie merken mit der Zeit, wenn die Aufmachung eines Artikels nur ein Köder ist. Viele haben sich gefragt, ob die Kriterien, nach denen die Journalisten die jeweiligen Nachrichten ausgewählt hatten, noch stimmten (S. 106). Oder hatte man sich nur für diese Meldungen entschieden, weil sie »gut klicken«, wie Journalisten sagen?

Seit einiger Zeit gibt es neue Modelle zur Finanzierung des Online-Journalismus. Verlage finanzieren Nachrichten-Websites nicht mehr allein durch Werbung, sondern führen nun nach und nach sogenannte Bezahlschranken oder Paywalls ein. Man muss sich also zu einer Zahlung verpflichten, um Beiträge sehen zu können. Aus heutiger Sicht war es vermutlich ein Fehler, Nachrichten zu Beginn des Internets kostenlos auf Websites anzubieten. Doch die »Umerziehung« klappt: Die Zahlungsbereitschaft für Online-Journalismus steigt. In einer Umfrage im Sommer 2016 gaben 36 % der befragten Internetnutzer an, in den vergangenen zwölf Monaten für Nachrichten und journalistische Inhalte im Internet bezahlt zu haben. Ein Jahr zuvor waren es noch 31 %. Bei den Lesern von Online-Nachrichten liegt der Anteil sogar bei 48 %.[83]

Eine neue Entwicklung ist auch, dass all jene, die online Nachrichten konsumieren, sich in der Regel über unterschiedliche Quellen informieren, also ein vielfältigeres Nachrichtenbild bekommen.[84] Und eine weitere positive Konsequenz der Digitalisierung, die viele so vermutlich nicht erwartet hätten, ist, dass das Vertrauen in die Presse seit dem Aufkommen des Internets grundsätzlich zugenommen hat. 2016 gaben 44 % der Deutschen an, ziemlich oder sehr viel Vertrauen in die Presse zu haben. 1991 waren das nur 36 %.[85]

»Lügenpresse« und andere Vorwürfe

Ob »Lücken-« oder »Systempresse«, »Mainstream-Medien« oder »Lügenpresse« – hinter all diesen Bezeichnungen für Journalisten und ihre Arbeit stecken Vorwürfe. Mit dem Begriff »Lückenpresse« ist gemeint, die Berichterstattung der Medien sei lückenhaft, habe also blinde Flecken.[86] »Systempresse« sieht die Journalisten als Teil eines größeren Ganzen, verbandelt mit Politik und Wirtschaft und eher denen treu als Lesern und Zuschauern. »Mainstream-Medien« ist noch der schwächste dieser Vorwürfe. Er soll ausdrücken, die Medien bewegten sich alle ungefähr auf denselben Pfaden, würden also auch dasselbe denken, berichten und kommentieren.

»Lügenpresse« ist der schwerste Vorwurf. Im besten Fall, so urteilt Heribert Prantl, Mitglied der Chefredaktion der *Süddeutschen Zeitung*, ist damit einfach nur »schlechter Journalismus« gemeint.[87] Wenn man den Vorwurf »Lügenpresse« aber wörtlich nimmt, dann landet man bei der Definition des Publizisten Norbert Schneider, der schreibt: »›Lügenpresse‹ ohne jeden Bezug zu konkreten Zeitungstexten meint keine handwerklichen Fehler oder den singulären Missbrauch von Meinungsmacht. Das Wort erklärt Journalisten zu berufsmäßigen Lügnern.«[88] Das heißt, es geht nicht darum, dass Journalisten auch mal Fehler machen oder einzelne Journalisten nicht gemäß journalistischen Standards arbeiten, indem sie sich zum Beispiel beeinflussen oder bestechen lassen. Ist der Begriff »Lügenpresse« ernst gemeint, beschuldigt er alle Journalisten, die eigenen Leserinnen und Leser gezielt zu betrügen – und das tagtäglich. Das ist ein schwerer Vorwurf.

Natürlich haben auch Journalisten einen Beitrag zu ihrem schlechten Image geleistet (S. 53). Aber abgesehen davon ist es bemerkenswert, dass – so äußert sich Manfred Protze, Sprecher des Presserates 2016[89] – noch »[n]iemand von jenen, die das Kampfwort [Lügenpresse] im Munde führen, [...] bisher versucht [hat], in einem ordentlich geführten Prüfungsverfahren beim Presserat den Vorwurf der Lüge zu untermauern«[90]. Wenn also niemand die Behauptung, die Presse lüge ihre Leser an, ernsthaft verfolgt, wie ist sie dann eigentlich gemeint?

An dieser Stelle hilft es, sich die Geschichte des Wortes »Lügenpresse« einmal anzusehen.

Die Geschichte des Begriffs »Lügenpresse«

Der Begriff »Lügenpresse« ist keine Erfindung des 21. Jahrhunderts. Häufig wird gesagt, die Nationalsozialisten hätten ihn verwendet, und das stimmt auch, aber erfunden haben sie ihn nicht. Erstmals tauchte er im Jahr 1848 im deutschsprachigen Raum auf, vor allem mit antisemitischen Absichten: »jüdische Lügenpresse« hieß es da zum Beispiel.[91]

1870/71 fand der Deutsch-Französische Krieg statt und der Begriff wurde neu besetzt. Nun war die feindliche, also in diesem Fall die französische Berichterstattung, gemeint, wenn von »Lügenpresse« die Rede war. Auch im vom Nationalismus der europäischen Länder aufgeladenen Ersten Weltkrieg wurde der Begriff für Berichte in der gegnerischen Presse verwendet. Im Zweiten Weltkrieg schließlich diffamierten die Nationalsozialisten jede Berichterstattung, die nicht in ihrem Sinne war, als »Lügenpresse«, bis alle Presseorgane gleichgeschaltet waren, also nur noch berichteten, was die Nazis wollten.[92] Dabei hätte auf diese Organisation der Presse der Begriff »Systempresse« viel besser gepasst, war sie doch – wie auch später die Presse in der DDR – tatsächlich von der Regierung gesteuert. »Was [...] ›Lügenpresse‹ wirklich bedeutet, das weiß ich«, sagte der damalige Bundespräsident Joachim Gauck 2016 in einer Rede. »Ich habe es erlebt, jahrzehntelang, in der DDR. Wer die Medien heute und hierzulande zur ›Lügenpresse‹ umdeutet, dem geht es nicht um Diskussion, sondern um Denunziation; nicht um Unvoreingenommenheit, sondern um Meinungshoheit.«[93] Es geht den Menschen, die so etwas sagen, also darum, die Presse und Journalisten an sich schlechtzureden. Darum haben DDR-Politiker damals den Journalismus der Bundesrepublik Deutschland als »Lügenpresse« bezeichnet. Die Terroristen der Roten Armee Fraktion (RAF) benutzten dieses Wort, um Zeitungen des Axel-Springer-Verlags anzugreifen.[94] An all diesen historischen Beispielen wird deutlich, dass die Beschuldigung »Lügenpresse« in der Vergangenheit vor allem aus politischen Gründen verwendet wurde.

Dahinter steckt ein einfaches Prinzip: Man muss eine Behauptung, und sei sie noch so unwahr, nur oft genug wiederholen, bis andere denken, da sei ja vielleicht »doch etwas dran«. Nach und nach wird so Zweifel gesät und Vertrauen zerstört (S. 136). Auf der anderen Seite ist es praktisch unmöglich, einen Vorwurf dieser Art zu widerlegen, auch weil jedes Gegenargument seinerseits als Taktik angesehen wird, eine Verschwörung zu vertuschen.[95]

Dies ist auch wichtig bei der Beantwortung der Frage, wie es dazu kam, dass in Deutschland vor allem die AfD, PEGIDA und deren Anhänger oder in den USA Donald Trump solche Begriffe verwenden, um die Medien zu diffamieren.

Wer sagt »Lügenpresse« und warum?

Auch wer noch nie »Lügenpresse« gerufen oder gedacht hat, sollte versuchen, nachzuvollziehen, warum andere Leute das tun, denn die Meinungsfreiheit gibt ihnen das Recht dazu.[96] Wenn man jemand anderen und seine Gedanken wirklich verstehen will, muss man sich in seine Lage versetzen. Wie bereits festgestellt, ist der Beschwerderuf »Lügenpresse« rund um die Ukrainekrise 2014 wieder in Deutschland aufgetaucht und war während der Flüchtlingskrise durch Organisationen wie PEGIDA immer häufiger zu hören (S. 31). Nicht nur an Stammtischen und auf Demonstrationen, sondern auch in Kommentarspalten im Internet und in den sozialen Medien machten die Menschen ihrem Ärger Luft.[97] Warum aber auf diese Weise? Vielleicht sagt das mehr über sie aus als über diejenigen, die von ihnen kritisiert werden.[98] Tilo Jung, der den Video-Blog »Jung und Naiv« betreibt, forderte darum auch auf: »Wir sollten Hass ablehnen, aber wir sollten uns damit beschäftigen, wo das Geschrei herkommt.«[99] Aufschlussreich hierzu ist eine Kommunikationsstudie, die ergeben hat, dass die Frage, ob, und, wenn ja, wie sehr Menschen den Medien vertrauen, viel mit ihren politischen Einstellungen zusammenhängt: »Insbesondere Menschen, die den politischen Institutionen, z. B. der Regierung oder der Demokratie, nicht vertrauen, vertrauen auch den Medien nicht.«[100] Wie Skandale und Affären rund um Politiker das Vertrauen vieler Menschen in die Politik erschüttert haben, wurde bereits beschrieben. Ebenso dass einige Menschen das Gefühl haben, in der Demokratie zu kurz zu kommen, wenn sie nicht beachtet oder sogar verleugnet werden (S. 25). Sie haben nicht das Gefühl, an diesem System etwas ändern zu können.[101] Ihre Sicht auf die Welt ist ihrer Meinung nach in den Medien nicht oder nicht ausreichend repräsentiert (S. 109). Sie kommen zu dem Schluss, dass Journalisten offenbar Teil dieses Systems seien, das sie ignoriert, dass die Presse mit der Politik unter einer Decke stecke.[102] Ihre Kritik an den Medien, die sie darum auch als »Systemmedien« oder »Mainstream-Medien« bezeichnen, beinhaltet also auch eine Kritik am aktuellen politischen System – Journalisten sehen sie als Erfüllungsgehilfen dieses Systems. Mit dem Ukrainekonflikt und auch mit der Flüchtlingskrise spitzten sich diese Zweifel zu. Einige Menschen haben die Emotionen laut herausgelassen.

Joachim Gauck hat dies alles auf den Punkt gebracht: »Doch wer behauptet, eine fehlerhafte Berichterstattung sei nicht etwa Ausnahme, sondern Regel, nicht Unzulänglichkeit, sondern Vorsatz, der hat vermutlich weniger die Wahrung der Sorgfaltspflicht im Sinn als vielmehr die Bestätigung seiner Überzeugung, dass überall nur gelogen und betrogen werde.«[103]

Viele dieser Menschen sehnen sich nach einem überschaubaren Weltbild, wollen nichts mehr hören von der Globalisierung und suchen nach einfachen Antworten. Eine Presse, die versucht, ihnen zu erklären, wie kompliziert die Welt ist, dass es zu jedem Problem mehrere Perspektiven und viele Antworten gibt, können sie nicht gebrauchen. Darum nennen sie Journalisten auch »Wahrheitsverdreher« und »Volksverräter«, weil sie sich selbst als Volk verstehen und Journalisten als Teil der davon abgehobenen Elite.[104] Solche Gedanken sind vor allem bei Menschen zu beobachten, die politisch gesehen dem »konservativ-autoritären bis völkisch-nationalen« Spektrum zuzuordnen sind.[105] Ganz konkret bedeutet das in Deutschland, dass »immerhin ein Drittel der Personen, die der AfD zugeneigt sind, [...] die etablierten Medien als ›Lügenpresse‹ bezeichnen [würden]; Ähnliches gilt für Nichtwähler und Unentschlossene«. Von den Anhängern anderer Parteien hingegen stimmen dem nur sehr wenige Menschen zu.[106]

Um diese Ansichten einordnen zu können, sollte man einen Blick darauf werfen, wie es in Deutschland allgemein um das Vertrauen in die Medien bestellt ist. Und da zeigt sich: gar nicht so schlecht. Abgesehen von den bereits genannten positiven Auswirkungen der Digitalisierung zeigen mehrere Studien, dass das Vertrauen gerade in Tages- und Wochenzeitungen, aber auch in den öffentlich-rechtlichen Rundfunk sehr groß ist; Letzterer hat Zustimmungswerte von über 70 %.[107] Einzelne Medien erzielen sogar noch höhere Werte, auch weil Menschen sich auf Medien, die sie regelmäßig nutzen, eher verlassen.[108]

Jeder zweite Deutsche vertraut laut der Studie »Reuters Institute Digital News Report 2017« den Nachrichten »eher« oder »voll und ganz«.[109] Doch wie schon festgestellt, ist es eine kleine, sehr spezielle Gruppe, welche Medien nicht mehr für glaubwürdig hält. Auch das ist durch Studien belegt; so traut jeder fünfte Deutsche der Reuters-Studie zufolge den Nachrichten explizit nicht mehr.[110] Eine Erkenntnis, die Kommunikationsforscher als »beunruhigend« bezeichnen.[111] Laut einer Allensbach-Studie konnten sich Ende 2015 sogar 39 % der erwachsenen deutschen Bevölkerung vorstellen, dass an dem Vorwurf der »Lügenpresse« etwas dran sei.[112]

Fest steht also, dass die »Lügenpresse«-Rufer andere Menschen irritiert haben. Auch Journalisten fragen sich seitdem, ob sie selbst dazu beigetragen haben, dass viele Menschen ihnen nicht mehr vertrauen. Wie konnte dieser Eindruck entstehen?

Kritik am Journalismus

Die Mehrheit der Deutschen vertraut den Medien also nach wie vor. Wichtig ist dafür, dass Journalisten sich selbstkritisch und ungehemmt mit den eigenen Fehlern auseinandersetzen, damit diese keine Einfallstore für Zweifler mehr bieten.

Der *SPIEGEL* hat Anfang 2016 einige seiner Leser zu Wort kommen lassen. Der Leser Siegfried Vollmert stellte fest: »Otto Normalverbraucher hat ein feines Gespür dafür, wenn er verschaukelt wird.« Laut *SPIEGEL* warf Vollmert den Medien vor, die Interessen und Sorgen seiner Leser nicht mehr zu kennen: Lehrermangel, schlechte Hygiene in Krankenhäusern, die Zunahme von Wohnungseinbrüchen – all das würden Journalisten ignorieren, weil sie sich in ihren Elfenbeintürmen verschanzten. »Sie horchen nicht, was unten passiert.«[113] Es ist wichtig, dass die Medien über die großen Weltereignisse, wie einen G20-Gipfel, einen Terroranschlag, den Klimawandel oder die Wahl in einem fremden Land, berichten. Aber mit dem Alltag der meisten Menschen in Deutschland hat das vergleichsweise wenig zu tun. Viele wünschen sich darüber hinaus Themen, die sie selbst beschäftigen und betreffen. Wenn die Medien darauf nicht eingehen, werden sie von Lesern wie Siegfried Vollmert als **abgehoben** wahrgenommen. »Mir scheint, auch in Deutschland waren und sind Journalisten nicht immer davor gefeit, nur in eine Richtung zu schauen, statt in alle möglichen«, sagte Joachim Gauck in einer Rede. Es komme vor, dass Journalisten »Meinungen, die ihnen nicht behagen oder die sie nicht teilen«, abwerten oder sogar ignorieren würden.[114]

Tatsächlich ist es so, dass die meisten Journalisten ähnlich ticken. Sie kommen aus der bürgerlichen Mittelschicht, sind also »gebildet, urban, ethnisch homogen«, außerdem politisch linker und grüner als die Gesamtbevölkerung.[115] Auch ist »der Anteil der journalistisch Tätigen mit Migrationshintergrund [...] kaum gewachsen und entspricht längst noch nicht dem Anteil in der Gesamtbevölkerung«, wie die Kommunikationswissenschaftlerin Irene Neverla feststellt.[116] Der Chefredakteur der *ZEIT*, Giovanni di Lorenzo, kritisierte in einer Rede in Dresden: »Unsere Hintergründe sind sich zu ähnlich. Wenn Redaktionen neue Leute einstellen, nehmen sie jemanden, der ›zu uns passt‹.«[117] Wenn also in Redaktionen vor allem Menschen mit vergleichbaren Lebensläufen sitzen, dann stellen sie sich vermutlich auch ähnliche Fragen und gehen diesen im Rahmen ihrer Arbeit nach. Es entsteht ein Blick auf die Welt, der sehr demjenigen von Menschen entspricht, die wie Journalisten aufgewachsen sind und leben. Kein Wunder, dass so manche Probleme der Menschen unter den Tisch fallen.[118] Verstärkt wird das Ganze noch dadurch, dass die meisten Redaktionen sehr ähnlich arbeiten, nämlich nach den gleichen journalistischen Standards (S. 106). So kann es passieren, dass mehrere Zeitungen an einem Tag zum Beispiel das gleiche Foto auf dem Cover abbilden und bei manchen Lesern der Eindruck wächst, die Presse würde sich absprechen. Berichten Medien so **konform**, also übereinstimmend, befinden sie sich tatsächlich im Mainstream.[119] Abseitige Ideen, Fragen, auch extremere Meinungen haben es dann schwer, gehört zu werden.

Eine weitere wichtige Herausforderung für Journalisten ist es, in ihrer Berichterstattung – natürlich abgesehen von Leitartikeln oder Kommentaren, bei denen das Gegenteil gewünscht ist[120] – **neutral** zu bleiben. Nicht immer gelingt ihnen das, Journalisten sind schließlich auch nur Menschen. In bewegenden historischen Situationen merken sie vielleicht nicht, dass sie sich von ihren Gefühlen beeinflussen lassen. Ein besonders gutes Beispiel aus jüngerer Zeit dafür war der Höhepunkt der Flüchtlingswelle in Deutschland. Die Bilder von den am Hauptbahnhof in München mit Begeisterung begrüßten Flüchtlingen ließen auch Journalisten nicht kalt. Giovanni di Lorenzo hat später dazu gesagt: »Ich glaube, dass wir [Journalisten] eine ganze Weile zu sehr dazu tendiert haben, uns zu Mitgestaltern dieser Flüchtlingsbewegung zu machen, nicht uns konzentriert haben auf die Rolle der Beobachtung. [...] Auch wir [*Die ZEIT*] haben einen Titel gemacht, in der Frühphase, der diese Zurückhaltung nicht hat erkennen lassen. Die Zeile war »Willkommen!« und der Leitartikel hat das noch mal verstärkt.«[121] Andere Journalisten sehen das nicht so streng. Kai Diekmann, damals noch Chefredakteur der *BILD*, hat im Herbst 2015 mit seiner Redaktion sogar die Hilfsaktion »Refugees Welcome« unterstützt (S. 114).

So konnten Bürger den Eindruck gewinnen, die Medien würden nicht mehr ihre Rolle als Berichterstatter wahrnehmen und »sagen, was ist«, wie der berühmte *SPIEGEL*-Gründer Rudolf Augstein es verlangte.[122] Möglicherweise hatten sie stattdessen das Gefühl, es solle ihnen eine bestimmte Meinung zur Flüchtlingskrise vermittelt werden. Das aber wäre nicht der Sinn journalistischer Berichterstattung.

Hinzu kommt, dass einige Medien und Journalisten in den letzten Jahren in ihrer Berichterstattung übertrieben haben (S. 17). Sie haben aus jeder Mücke einen Elefanten gemacht oder sind in ein Jagdfieber geraten. Wenn Journalisten aber nur noch darauf lauern, am Stuhl eines Politikers zu sägen, dann ist das **»Wutjournalismus«**, wie *ZEIT*-Journalist Bernd Ulrich es einmal ausdrückte.[123] Indem sie sich – wohl auch in der Hoffnung auf bessere Klickzahlen oder mehr verkaufte Zeitungen (S. 41) – aggressiv auf Fehler von öffentlichen Personen gestürzt haben, haben sie die Stimmung in Deutschland angeheizt. In diesem Klima fällt die Kritik nun in ebenso überzogener Weise auf sie zurück, wenn Menschen sie als »Lügenpresse« bezeichnen. Bundesinnenminister Thomas de Maizière konnte sich vermutlich darum ein Grinsen nicht verkneifen, als er in einer Dokumentation danach gefragt wurde und sagte: »Ja, das ist so, aber ehrlich gesagt: Da ist mein Mitleid begrenzt, wenn Medien sich als Vierte Gewalt aufspielen, gerieren als Zensor der Gesellschaft, ständig über uns Politiker ihre Meinung äußern – was in Ordnung ist –, dann dürfen sie sich nicht wundern, dass sie auch wie Politiker behandelt werden und genauso bewertet werden. Da finde ich nur manchmal, dass Journalisten – sagen wir mal – mimosenhafter sind im Aushalten von Kritik als wir Politiker.«[124]

Kritik wird vor allem dann und dann auch völlig zu Recht an Journalisten geübt, wenn sie etwas falsch gemacht haben. Viele hochrangige Journalisten haben mittlerweile die Notwendigkeit erkannt, Fehler einzugestehen: »Wer Fehler macht, sollte sich dazu bekennen und dafür entschuldigen. Keinem Chefredakteur, keiner Sendung oder Redaktion bricht dadurch ein Zacken aus der Krone. Im Gegenteil: Nichts wirkt wahrhaftiger als das Bekenntnis, trotz des großen Bemühens, alles richtig zu machen, versagt zu haben«, sagte Giovanni di Lorenzo 2016 in einer Rede.[125] »Distanz zu sich selbst tut ganz gut. Dazu gehört, zu seinen eigenen Fehlern zu stehen«, meint auch *SPIEGEL*-Chefredakteur Klaus Brinkbäumer.[126]

Es gibt mittlerweile einige Beispiele dafür, wie das konkret aussehen kann. Der ARD-Journalist Thomas Roth, damals noch Moderator der Tagesthemen, korrigierte in der Sendung vom 1. Oktober 2014 einen Fehler, den die Tagesthemen fünf Monate zuvor gemacht und von dem die Redaktion am Abend vorher erfahren hatte. Dabei ging es um einen Bericht aus der Ukraine (S. 28). Roth sagte in der Sendung dazu: »Es ist enorm schwierig, zum Teil widersprüchliche und bruchstückhafte Informationen zu bewerten und dann unter großem Zeitdruck korrekt einzuordnen. Unter solchen Umständen sind Fehler möglich, auch wenn wir alles daransetzen, sie zu vermeiden.« Dann erklärte er, dass der Bericht ihres Reporters vom 20. Mai 2014 zum Teil falsch war und zwei Zivilisten nicht etwa durch Kugeln von prorussischer Seite getötet worden seien, sondern durch Kugeln von ukrainischer Seite. »Wir bedauern unseren Fehler und möchten uns bei Ihnen entschuldigen«, sagte Roth zum Schluss.[127]

Klaus Brinkbäumer nahm Stellung zu einem stark kritisierten Cover der *SPIEGEL*-Ausgabe 31/2014. Auf dem Titel mit der Überschrift »Stoppt Putin jetzt!« waren die Gesichter der Opfer des über der Ukraine abgeschossenen Flugzeugs MH17 abgebildet gewesen. Das habe zu Missverständnissen geführt, so Brinkbäumer; viele Leser hätten es als »Appell zum Eingreifen der NATO im Osten« verstanden, die Redaktion habe damit jedoch lediglich Sanktionen gegen Russland fordern wollen. »Wir haben uns nicht klar genug ausgedrückt«, hielt Brinkbäumer schließlich fest.[128] Dass auch kleine Fehler im *SPIEGEL* mittlerweile korrigiert werden, betonte er im selben Interview auch am Beispiel der folgenden Korrektur: »›Die Deutsche Bahn führte den Zusatzbetrag bei Kreditkartenbezahlung im November 2014 ein, nicht erst wie berichtet 2015.‹ Kein schlimmer Fehler, wir korrigieren ihn aber. Früher hätten wir das nicht gemacht, weil wir gesagt hätten, das merkt doch kein Mensch.« Doch mittlerweile ist klar: Wenn es doch ein Leser merkt – und sei es nur der eine – und es nicht korrigiert wird, schwindet womöglich dessen Vertrauen in die Berichterstattung und er könnte sich fragen: Wenn das schon nicht stimmt, was stimmt im *SPIEGEL* dann noch alles nicht?

Ein besonderer Fall, weil er inzwischen als breites Versagen der Medien gilt, war die Berichterstattung über die Silvesternacht 2015/2016 in Köln. In dieser Nacht sind rund um den Hauptbahnhof und den Kölner Dom 648 Menschen von Gruppen junger Männer sexuell belästigt worden,

1182 Strafanzeigen wurden erstattet, darunter auch mehrere wegen Vergewaltigung. Am Morgen des 1. Januar gab die Polizei eine Pressemitteilung zur Silvesternacht heraus; sie trug den Titel »Ausgelassene Stimmung – Feiern weitgehend friedlich«. In den Tagen darauf veröffentlichten einige Lokalmedien Artikel über die Übergriffe in Köln, doch die überregionalen Medien berichteten erst drei bis vier Tage später in großem Rahmen über die Ereignisse. Aus den Reaktionen in Online-Kommentaren wurde deutlich, dass viele Menschen meinten, dahinter ein System zu erkennen. Sie glaubten, die Medien hätten über die Vorfälle nicht berichtet, weil die Täter offenbar größtenteils einen Migrationshintergrund hatten oder Flüchtlinge waren. Sie dachten, die Journalisten seien, wie auch die Bundesregierung, Flüchtlingen gegenüber positiv eingestellt und wollten diese Vorkommnisse deswegen vertuschen. Tatsächlich war die irreführende Mitteilung der Polizei einer der Gründe, weshalb die Berichte der Lokalmedien erst Tage später im ganzen Land Wellen schlugen. Einige Journalisten haben diesen Fehler später bekannt, wie beispielsweise der stellvertretende Chefredakteur des ZDF, Elmar Theveßen, der am 6. Januar auf Facebook schrieb: »Die Nachrichtenlage war klar genug. Es war ein Versäumnis, dass die 19-Uhr-heute-Sendung die Vorfälle nicht wenigstens gemeldet hat. Die heute-Redaktion entschied sich jedoch, den geplanten Beitrag auf den heutigen Tag des Krisentreffens zu verschieben, um Zeit für ergänzende Interviews zu gewinnen. Dies war jedoch eine klare Fehleinschätzung.«[129]

All diese Beispiele zeigen, wie wichtig Transparenz bei der Arbeit von Journalisten ist. Denn viele Menschen wissen nicht wirklich, wie Journalisten vorgehen oder welche Regeln für sie gelten – »ein Bewusstsein für die Möglichkeiten und Grenzen von Journalismus oder eine vertiefte Kenntnis seiner Arbeitsweisen« könne man nicht voraussetzen, analysieren die Kommunikationswissenschaftler Reinemann, Fawzi und Obermaier.[130]

Auch die *ZEIT*-Journalistin Alice Bota berichtet: »Wenn ich bei Veranstaltungen der *ZEIT* mit den Lesern spreche, dann fragen mich oft einige, wie ein Thema seinen Weg in die Zeitung findet. Es sind kritische Leser darunter, die unsere Zeitung seit 15 oder 20 Jahren lesen. Und sie sind misstrauischer geworden. Diese Leser interessieren sich für unsere Arbeit, aber sie wissen verständlicherweise kaum etwas davon. Sie können nicht sagen, warum bestimmte Themen ins Blatt kommen und andere nicht. Die Arbeit von Journalisten ist für sie eine Blackbox, ich glaube, daher rührt ihr Misstrauen auch.«[131] Immer mehr Redaktionen versuchen deswegen, ihre Arbeit und ihre Vorgehensweisen zu erklären und transparenter zu machen (S. 151).

Echokammer der sozialen Medien

Die sozialen Medien spielen bei der Frage, als wie glaubwürdig die klassischen Medien wahrgenommen werden, eine große Rolle. Früher galten Journalisten als Gatekeeper. Heute verbreiten sich die meisten Informationen übers Internet und viele davon über die sozialen Netzwerke. Man könnte also meinen, die Algorithmen der sozialen Medien seien die neuen Gatekeeper. Warum? Dafür muss man sich etwas genauer ansehen, inwiefern die Digitalisierung und die sozialen Netzwerke verändert haben, wie Menschen Nachrichten und Informationen wahrnehmen. Denn nicht jeder öffnet im Internet direkt Seiten wie www.tagesschau.de oder www.sz.de – bereits 22 % der Nutzerinnen und Nutzer greifen über soziale Netzwerke auf Nachrichten zu. Das heißt, sie sehen bei Facebook, Twitter oder ähnlichen Plattformen einen Bericht und gelangen über den Link direkt auf dessen Seite.[132]

Geht man stattdessen über die Startseite eines Nachrichtenportals, findet man dort einen Überblick darüber, was in der Welt gerade los ist. Diese Informationen sind nach Wichtigkeit und Aktualität – das Wichtigste, Aktuellste steht meistens ganz oben – und nach verschiedenen Kategorien, sogenannten Ressorts, sortiert, also zum Beispiel »Kultur«, »Sport« oder »Wirtschaft«. In den sozialen Medien werden die Posts nach anderen Kriterien geordnet – je beliebter ein Beitrag, je mehr Menschen ihn gelikt, geteilt oder kommentiert haben, desto prominenter wird er platziert.[133]

Soziale Medien haben nun einmal eine ganz andere Funktion als klassische Medien; sie sind, so formuliert es die Kommunikationswissenschaftlerin Katharina Kleinen-von Königslöw, für die »Identitätsarbeit« da: »Wenn sich jemand eine Nachrichten-Website anschaut, dann will er wissen, was gerade in der Welt los ist. Wenn jemand ein soziales Netzwerk nutzt, dann will er wissen, was gerade in *seiner* Welt los ist, und dies gleichzeitig auch anderen mitteilen.«[134] In sozialen Netzwerken suchen die Menschen also – der Name sagt es ja schon – sozialen Kontakt. Dabei werden ihnen nicht nur die Fotos, Videos und Posts ihrer Freunde angezeigt, sondern auch deren Empfehlungen mit Links auf Artikel oder Videos. Generell ist es wahrscheinlicher, dass Menschen einer Website vertrauen, die sie kennen, also bekannten Namen wie ZDF oder NDR, weil diese den Ruf haben, sehr kompetent zu sein.[135] Allerdings spielen auch Empfehlungen von Freunden eine große Rolle. Das heißt: Websites, die einem von Freunden empfohlen wurden, glaubt man automatisch eher, auch wenn man sonst nichts über sie weiß. Das Vertrauen, das man dem jeweiligen Freund oder der Freundin entgegenbringt, überträgt sich auf die Informationen, die er oder sie einem geschickt hat.[136] Der amerikanische PR-Experte Richard Edelman erklärt das so: »Die Menschen reden einfach gerne miteinander. Doch viele arrivierte Medien reden überwiegend untereinander, aber nicht mit den Lesern. Jetzt ist es nur so: Die junge Generation hört auf die eigenen Freunde in ihren sozialen Netzwerken. Aber nicht mehr auf das, was ein Journalist sagt. [...] Die Menschen trauen heutzutage keinen Unbekannten mehr. Sie vertrauen ihren Freunden und Leuten, die sie kennen.«[137]

Außerdem spielt in den sozialen Medien auch die Selbstbestätigung eine große Rolle. Allgemein halten Menschen Informationen eher für wahr, wenn sie dem entsprechen, was sie ohnehin schon glauben.[138] Die Leute wollen im Internet »ihre eigenen Ansichten umsonst wieder zurückbekommen«, beschreibt das humorvoll der britische Late-

Night-Talker John Oliver; sie wollten über die sozialen Medien ihr »Daily Me« empfangen.[139]

Es fehlen noch zuverlässige Studien zur Frage, inwiefern die digitalen Netzwerke mit der Glaubwürdigkeitskrise der klassischen Medien zusammenhängen. Aber bereits durch die eben beschriebenen Aspekte wird klar, dass die sozialen Medien auch eine Gefahr bergen: Da man sich seine Freunde in sozialen Netzwerken selbst aussucht, ist es wahrscheinlich, dass sie ähnlich denken wie man selbst und auch ähnliche Beiträge lesen und empfehlen.[140] Und wenn man diese Beiträge weiterempfiehlt, ist das gut für die Freundschaft.[141] Gleichzeitig sucht der Algorithmus von Facebook und Co. jedem Nutzer Links und Berichte heraus, die besonders gut zu dem passen, was er sich schon angesehen hat, und empfiehlt sie ihm. Dadurch wird man nur noch mit Informationen versorgt, die der eigenen Haltung entsprechen. Auf diese Weise entstehen sogenannte Filterblasen oder Echokammern. Es droht ein »Kommunikationsinfarkt«[142], wie Joachim Gauck es ausdrückte. Denn dann ist jeder in den sozialen Medien in seinem eigenen Universum zu Hause, wird nicht mehr mit anderen Meinungen konfrontiert und muss sich auch nicht mehr mit ihnen auseinandersetzen. Was vielleicht erst einmal bequem klingt, führt zu einer schrägen Weltsicht: Irgendwann nimmt man an, dass es da draußen tatsächlich niemanden mehr gibt, der die Dinge anders sieht als man selbst.[143] Die Bewohner dieser »Echoräume« orientierten sich dann nur noch »an denen, die ihnen sagen, was sie hören wollen, nicht an denen, die ihnen sagen, was sie wissen sollten«, so Gauck.[144] Weil sie glauben, dass die ganze Welt die Dinge so sieht wie sie selbst, nehmen sie die Berichterstattung der Medien als fremd und falsch wahr.

Verbale und körperliche Angriffe auf Journalisten

Ob in den sozialen Medien oder den Kommentarspalten von journalistischen Plattformen im Internet: Vielerorts wird abfällig über Journalisten geredet.[145] Gerade in den emotionalen Debatten rund um den Ukrainekonflikt, aber auch um die Flüchtlingskrise, hat die enthemmte Sprache im Netz zugenommen. So reflektiert die ARD-Journalistin Golineh Atai: »Ich kann auf 20 Jahre journalistische Arbeit zurückblicken, aber dass ein Thema so viele und heftige Reaktionen auslöst wie der Ukrainekonflikt, das habe ich noch nie erlebt. Jegliche Reflexion über die Ukraine reicht aus, um eine Flut an negativen und herabsetzenden Kommentaren auszulösen.«[146] Ähnliches gilt längst auch für andere Diskussionen. Worten folgen häufig Taten. Darum liegt die Vermutung nahe, »dass der hohe Aggressionsspiegel im Internet auch auf die Offline-Realität überschwappt«, so die Kommunikationswissenschaftlerin Irene Neverla.[147] »Lügenpresse auf die Fresse«, war auf einer Demonstration von Hooligans gegen Salafisten zu hören[148], aber auch auf Kundgebungen der PEGIDA. Es klingt nach einer Gewaltaufforderung, ähnlich wie das Video des US-Präsidenten Donald Trump, in dem er auf einen Mann einschlägt, dessen Kopf durch ein Logo des Nachrichtensenders CNN ersetzt wurde.[149]

In Deutschland häufen sich die Beispiele von verbalen und körperlichen Attacken auf Journalisten bereits. Mittlerweile ziehen die Redaktionen Konsequenzen, um ihre Mitarbeiter zu schützen. Die *Berliner Zeitung* verkündete zum Beispiel schon Anfang 2016, juristisch gegen alle vorzugehen, die ihre Redakteure bedrohten oder diffamierten.[150] Weil Journalisten auf PEGIDA-Kundgebungen angegriffen wurden, kam man beim ZDF ernsthaft zu der Überlegung, Journalisten nur noch mit Personenschützern von dort berichten zu lassen.[151]

Die Organisation Reporter ohne Grenzen vergleicht jedes Jahr die Situation von Journalisten in 180 Staaten und Territorien weltweit. 2016 ist Deutschland auf dieser Rangliste um vier Plätze auf Rang 16 gesunken – »eine Folge der stark gestiegenen Zahl von Anfeindungen, Drohungen und gewalttätigen Übergriffen gegen Journalisten«[152].

»Postfaktisches« Zeitalter

Zwei Jahre nachdem das Wort »Lügenpresse« in Deutschland wieder aufgetaucht war, machte noch ein anderer Begriff die Runde: »Es heißt ja neuerdings, wir lebten in postfaktischen Zeiten«, sagte Bundeskanzlerin Angela Merkel in einer Rede.[153] Die lateinische Vorsilbe »post« bedeutet »nach«. Angela Merkel spricht also von einem nach-faktischen Zeitalter. Was soll das bedeuten?

Ein Beispiel verdeutlicht dies anschaulich: In einer Diskussionsrunde im RBB-Fernsehen waren 2016 die Spitzenkandidaten der zur Abgeordnetenhauswahl in Berlin antretenden fünf stärksten Parteien anwesend: CDU, SPD, Grüne, Linke und AfD. Der Spitzenkandidat der AfD,

Georg Pazderski, kündigte an, die AfD wolle »Wahrheiten ansprechen«[154]. Weil die AfD als Argument gegen Flüchtlinge immer wieder davor warnt, dass diese kriminell seien, konfrontierte der Moderator der Sendung ihn mit der Kriminalitätsstatistik des Bundesinnenministeriums. Danach würden etwas über 2 % der Ausländer in Deutschland und insgesamt ungefähr 1,5 % der Deutschen straffällig. Der Anteil der Ausländer sei also etwas höher. Im Umkehrschluss bedeute das, dass rund 98 % der Ausländer und 98,5 % der Deutschen ein Leben führen, ohne die Gesetze zu verletzen. Doch diese Zahlen interessierten Pazderski nicht. Es gehe »nicht nur um die reine Statistik, sondern darum, wie das der Bürger empfindet«, sagte er. »Perception is reality«, fügte er hinzu, was übersetzt »Wahrnehmung ist Realität« heißt und für ihn so viel bedeute wie »das, was man fühlt, ist auch Realität«[155]. Damit ist gemeint: Wenn ein Bürger fühlt, dass Ausländer krimineller sind als Deutsche, dann ist das auch so – egal, was Statistiken über die wahren Zahlen aussagen. Denkweisen wie diese sind mit »postfaktisch« gemeint: Fakten spielen keine Rolle mehr, wichtig sind allein Emotionen.[156]

Fakten, Statistiken und Beweise sind aber die Grundlage unserer Diskussionskultur. Wenn sich die Menschen darauf nicht mehr einigen können, bricht diese Kultur auseinander. Sie werden dann kaum noch einer Meinung darüber sein, was die wichtigsten Probleme im Land sind, geschweige denn diese gemeinsam lösen können.[157] Das gefährdet die Demokratie[158] (S. 129). Denn Gefühle spielen in einer anderen Liga als die Vernunft. Wenn jemand einer

Sache sehr emotional gegenübersteht, lässt er sich meist durch Fakten – und seien sie noch so gesichert – nicht überzeugen. Dahingegen ist es leichter, jemanden, der von bestimmten Fakten überzeugt ist, durch starke Emotionen davon abzubringen.[159]

Diese »postfaktischen« Tendenzen ließen sich in den letzten Monaten an unterschiedlichen Orten der Welt beobachten. In den Tagen und Wochen nach der Amtseinführung von Donald Trump gab es für ihn kaum ein wichtigeres Thema als die Frage, wie viele Menschen bei dieser Feierlichkeit vor Ort gewesen waren. Er behauptete, es seien so viele Menschen gewesen wie nie zuvor bei einer Vereidigung. Journalisten widersprachen dieser Aussage und belegten dies mit Fakten. Doch Trump blieb bei seiner Ansicht. Im Fernsehen wurde seine Beraterin, Kellyanne Conway, gefragt, warum das Weiße Haus noch immer von einem Besucherrekord spreche, wenn diese Behauptung längst widerlegt sei. »Wir präsentieren lediglich alternative Fakten«, sagte Conway.[160] Doch eigentlich lieferte Trumps Team gar keine Fakten, sie behaupteten nur etwas anderes, ohne dafür Belege zu veröffentlichen.[161] Gegen eine derartige Einstellung sprach sich schon der 2003 verstorbene US-Senator Daniel Patrick Moynihan aus, der sagte, jeder habe »das Recht auf seine eigene Meinung«, aber keiner habe das »Recht auf seine eigenen Fakten«[162].

Auch Angela Merkel rät, sich gar nicht erst auf diesen Trend einzulassen: »Wenn wir anfangen, dabei mitzumachen, dass Fakten beiseite gewischt werden können, dann sind verantwortbare und konstruktive Antworten in der Sache nicht mehr möglich. Wenn wir anfangen, uns sprachlich und tatsächlich an denen zu orientieren, die an Lösungen nicht interessiert sind, verlieren am Ende wir die Orientierung.«[163]

Doch genau darauf, dass andere die Orientierung verlieren, haben es manche Menschen abgesehen. Der ukrainische Journalist Maxim Eristavi, der bereits von der Schwierigkeit, aus dem Ukrainekonflikt zu berichten, erzählt hat, beobachtete auch dort die Tendenz, dass Fakten an Bedeutung verlieren:

»Meist liegt zwar bei zwei extremen Positionen die Wahrheit in der Mitte; im Konflikt zwischen Russland und der Ukraine ist das allerdings nicht der Fall. Denn der Kreml weiß um die Mittegläubigkeit und nutzt diese perfekt, indem er seine Medien als »alternative Stimme« positioniert. Das heißt, russische Medien erschaffen lächerliche Parallelrealitäten aus Lügen und Theatralik. Dabei geht es ihnen jedoch nicht darum, dass diese Geschichten geglaubt werden. Ihr Kalkül ist, möglichst viel Verwirrung zu stiften.«[164] Diese Feststellung zeigt, dass es von einer Leugnung der Fakten nur noch ein kleiner Schritt ist hin zu der Überzeugung, »alternative Fakten« erschaffen zu können – und die sind nichts anderes als Fake News.

Was sind Fake News?

»Fake« bedeutet auf Deutsch »Fälschung«, »Schwindel« oder »Imitation«, wenn man es als Substantiv benutzt. Fake News sind demzufolge Nachrichten, die nicht die Wahrheit sagen, echte Nachrichten aber imitieren, also zum Beispiel in Sprache und Layout genauso aufbereitet sind. Es sind Falschmeldungen, die allerdings von falschen Meldungen, bei denen sich ein Journalist nur geirrt hat, zu unterscheiden sind. In solch einem Fall ist ja der Journalist davon überzeugt, korrekte Informationen zu veröffentlichen. Die Fake News, welche die Öffentlichkeit zurzeit beschäftigen, sind aber von ihren Urhebern mit einem bestimmten Ziel falsch verbreitet worden. In vielen Fällen lässt sich nicht mehr feststellen, wer bestimmte Fake News ursprünglich in die Welt gesetzt hat. War es eine private Person, eine politische Gruppe oder eine ausländische Staatsmacht?[165]

Klar ist aber: Sie sind das Gegenteil von Aufklärung, sondern sollen verwirren oder instrumentalisieren. Theoretisch wären Journalisten, die tatsächlich nur Fake News verbreiten, also wortwörtlich Teil einer Lügenpresse.

Doch in welchem Zusammenhang taucht der Begriff »Fake News« zurzeit auf? Selten handelt es sich dabei nämlich tatsächlich um gezielte Falschmeldungen. Meist wird der Ausdruck als Beschimpfung benutzt – und das nicht nur von aufgebrachten Menschen in den Kommentarspalten von Nachrichten-Websites oder Facebook-Einträgen, sondern unter anderem auch in offiziellen Ansprachen des amtierenden Präsidenten der Vereinigten Staaten von Amerika.[166] Gemeint ist mit dieser Beschuldigung im Prinzip nichts anderes, als wenn in Deutschland Menschen »Lügenpresse« rufen. Und auch die Motive, so etwas zu sagen, sind ähnlicher – nämlich politischer – Natur. Doch ist es für Redaktionen wie die der *New York Times*, der *Washington Post* oder des Senders CNN ein ehrabschneidender Vorwurf, wenn Trump sie beschuldigt, Fake News zu verbreiten. Denn damit unterstellt er ihnen genau das Gegenteil dessen, was sie sich zum Ziel gesetzt haben und woran sie tagtäglich arbeiten: die Bürger, so gut es geht, über das Weltgeschehen aufzuklären. Indem Trump und andere diese Behauptung aber unablässig wiederholen, ohne jemals irgendwelche Belege dafür vorzulegen, sägen sie am Image seriöser Medien. Und damit auch am Fundament unserer Gesellschaft, die sich eigentlich bereits darauf geeinigt hat, was man als gegeben oder nicht gegeben ansehen kann (S. 129).

Eine erweiterte Definition von Fake News wäre demnach: im Stil an echte Nachrichten angelehnte, gezielt in die Welt gesetzte Unwahrheiten, die sich meist über soziale Medien verbreiten. Aber auch: ein beleidigender Ausdruck für unliebsame Berichterstattung oder Medien, ähnlich dem deutschen Ruf »Lügenpresse«. Mit dieser Definition ist der Begriff relativ eng abgesteckt. Sieht man sich die Beispiele aus der Realität an, wird deutlich, dass die Methoden in der Welt der Fehlinformationen fließend ineinander übergehen – von bösartigen Gerüchten über Fake News bis hin zu klarer Propaganda.

Den Schöpfern und Verbreitern von Fake News geht es darum, den »Informationsraum zu beherrschen«, wie es Facebook ausdrückt.[167] Auf dem Weg zu diesem Ziel sind

Fake News nur eines von mehreren Mitteln. Das beginnt mit dem sogenannten Framing, bei dem es nur um die Wortwahl geht, die unbewusst wirkt. »Erderwärmung« beispielsweise klingt beinahe positiv – nach mehr Sommer –, während »Erderhitzung« schon eher Sorgen um die eigene Gesundheit weckt.[168]

Vor allem aber bietet die digitale Welt ganz moderne Formen der Einflussnahme: Social Bots (»Bots« ist die Kurzform für »Robots«) sind normal aussehende User-Accounts, die automatisiert Aufgaben erfüllen, zum Beispiel Fake News über die sozialen Netzwerke verbreiten. Zu diesem Zweck sind oft zehn- oder hunderttausend Accounts zu einem Netzwerk zusammengeschlossen.[169] Diese Social Bots sind nicht zu verwechseln mit Bot-Netzen, die Computersysteme angreifen und massenhaft E-Mails mit Schadsoftware versenden, wie es zum Beispiel beim Angriff auf die Server des Bundestags 2015 der Fall war.[170] Social Bots sollen Meinungen beeinflussen oder sogar kontrollieren. Durch das hunderttausendfache Teilen werden die Falschinformationen immer weiter getragen; es entsteht der Eindruck, dass viele Menschen einer Meinung seien[171], und gleichzeitig werden diese Fake News aufgrund der hohen Teil- und Like-Zahlen vom Algorithmus noch hervorgehoben. Andere Meinungen gehen automatisch unter.

Auch Hacker werden eingesetzt, um die Meinungshoheit im Informationsraum zu erlangen. Besonders brisant wird das, wenn sie sich in die Systeme demokratischer Institutionen – wie beispielsweise Parlamente oder Parteien – fremder Länder hacken. Dort findet dann ein Datendiebstahl statt, in der Hoffnung, mit gezielten Veröffentlichungen von Dokumenten – sogenannten Leaks – die politische Stimmung in diesem Land anzuheizen.

All diese Methoden werden von Menschen eingesetzt, denen jedes Mittel recht ist, um die öffentliche Meinung zu beeinflussen – häufig in Kombination.

Attraktiv sind sie vor allem, weil sie in der Entstehung und Veröffentlichung geringe Kosten verursachen und noch weniger Aufwand bedeuten, wenn sie viral werden, weil sie sich dann von selbst weiterverbreiten.[172] Hinzu kommt das Randphänomen, dass manche Menschen in ärmeren Gegenden der Welt, die kein inhaltliches Interesse an Fake News haben und auch von niemandem beauftragt wurden, Fake News noch bekannter machen. Sie wollen einfach nur Geld verdienen, bauen dafür eigene Websites, greifen Fake News auf, die sie im Internet finden, schalten Werbung auf ihrer Seite und verbreiten den Link zu ihr über soziale Netzwerke.[173] Doch das ist eher die Ausnahme.

Die meisten Schöpfer und Verbreiter von Fake News verfolgen politische Ziele. Sie haben erkannt, dass sich Themen, die sehr emotional diskutiert werden, besonders gut dafür eignen, Stimmung zu erzeugen.[174] In Deutschland sind das beispielsweise die Flüchtlingskrise oder der Ukrainekonflikt, in den USA war es vor der US-Wahl 2016 vor allem die Präsidentschaftskandidatin der Demokraten, Hillary Clinton. Häufig werden also reale Ereignisse aufgegriffen, verschärft oder verzerrt. So werden Fake News produziert, die zumindest einen kleinen wahren Kern haben.[175] »Verhält es sich doch mit gefälschten Nachrichten ein wenig wie mit Placebos«, schreibt Christian Meier in der *WELT*. »Man muss an sie glauben, dann wirken sie.«[176] Auf diesem Wege schaffen es einige Fake News dann sogar in die seriösen Nachrichten, weil Journalisten sie irrtümlicherweise für wahr halten. Meist werden diese Fehler jedoch schnell aufgedeckt und korrigiert.[177]

Genauso wie der Vorwurf der »Lügenpresse« sind auch Fake News keine Erfindung unserer Zeit. Sie treten nur gerade besonders massiv auf, attraktiv geworden durch die Möglichkeiten der Digitalisierung. Ein gutes Beispiel für historische Fake News – auch wenn man den Begriff in Deutschland damals natürlich noch nicht verwendete – ist die sogenannte Dolchstoßlegende.[178] Nach dem Ende des Ersten Weltkriegs verbreitete sich diese Legende. Sie besagte, Deutschland habe den Krieg nur verloren, weil Politiker – meist zugespitzt auf Demokraten, Sozialisten, Kommunisten und Juden – die Revolution angezettelt und im Krieg kapituliert hätten. Den Zusatz »Dolchstoß« trägt die Legende, weil dahinter die Vorstellung steckt, dass die Soldaten an der Front noch hätten kämpfen können und dies auch wollten, die Politiker zu Hause jedoch aufgegeben hatten – als ob die Politiker den Soldaten also einen Dolch in den Rücken gestochen hätten. Diese Benennung lässt die Geschichte besonders perfide erscheinen. Allein: Sie ist so nicht wahr, denn es gab nach vier

Jahren Krieg und einer langen Phase des Stellungskriegs keine Aussicht darauf, dass das Deutsche Kaiserreich diesen Krieg noch hätte gewinnen können. Trotzdem hat die Dolchstoßlegende dazu beigetragen, dass bestimmten Gruppen die Schuld an der deutschen Niederlage im Ersten Weltkrieg zugeschrieben wurde, und dadurch den Boden für den Erfolg der Nationalsozialisten mit bereitet.[179]

Auch heute drehen sich Fake News meistens um Themen, auf die viele Menschen sehr emotional reagieren. Ein paar Beispiele für Fake News aus den vergangenen Monaten sind: »Emmanuel Macron ist schwul und führt nur eine Scheinehe.« »Deutschland besitzt Massenvernichtungswaffen.« »Fast alle Flüchtlinge sind kriminell«. »Angela Merkel zettelt Schlägereien an.« »Deutsche Soldaten haben bei einem NATO-Einsatz in Litauen ein minderjähriges Mädchen vergewaltigt.« »Die NATO hat 3600 Panzer gegen Russland in Stellung gebracht.« »700 000 Deutsche haben ihre Heimat verlassen, weil sie Merkels Flüchtlingspolitik nicht mehr ertragen.« »Hillary Clinton ist in Wahrheit ein Mann.« »Hillary Clinton hat einen Hirnschaden und leidet an einer unheilbaren Krankheit.« »Hillary Clinton wollte WikiLeaks-Gründer Julian Assange ermorden lassen.« »Barack Obama ist Muslim.« »Der Schauspieler Denzel Washington und Papst Franziskus haben den US-Präsidentschaftskandidaten Donald Trump unterstützt.«[180]

Sie wurden millionenfach geteilt und gelikt, doch diese

Meldungen sind nicht wahr. Erst wenn man sich einige Fake-News-Fälle genauer ansieht, kann man erkennen, welche Interessen möglicherweise dahintersteckten.

Der Fall der verschwundenen Lisa

Anfang 2016 verbreitete sich in Berlin die Nachricht, das 13-jährige deutsch-russische Mädchen Lisa sei auf dem Weg zur Schule verschwunden. Die Eltern meldeten sie bei der Polizei als vermisst und ließen sie suchen. Am nächsten Tag tauchte Lisa wieder auf und behauptete, von »südländischen« Männern entführt, festgehalten und vergewaltigt worden zu sein. Die Polizei dementierte dies bald darauf. Ärzte fanden keine Hinweise auf eine Vergewaltigung. Auch hatte die Polizei anhand der Handydaten des Mädchens festgestellt, dass sie die besagte Nacht bei einem Freund verbracht hatte. Wegen schlechter schulischer Leistungen hatte sie sich offenbar nicht nach Hause getraut. Das hat Lisa dann auch zugegeben.[181] (Später fanden die Ermittler heraus, dass Lisa längere Zeit bevor sie verschwand, tatsächlich Sex hatte, unter anderem mit einem Deutsch-Türken, den sie kannte. Obwohl das offenbar mit ihrer Zustimmung geschah, ist das strafbar, weil Lisa erst 13 Jahre alt war. Darum wurde er von einem Gericht verurteilt.[182])

In der fraglichen Nacht gab es also keine Entführung und auch keine Vergewaltigung. Trotzdem verbreitete sich die Geschichte mit großer Geschwindigkeit, vor allem über soziale Medien und russische Nachrichten, die das Gerücht aufgriffen. Tagelang hielt sich die falsche Version im

Netz. Es kam in mehreren Städten zu Protesten und Demonstrationen, an denen nicht nur Russlanddeutsche und Menschen mit russischem Migrationshintergrund teilnahmen, sondern auch Anhänger von PEGIDA sowie Rechtsextreme.

Der Fall wurde auch auf internationaler Ebene zum Thema. Der russische Außenminister Sergei Lawrow schaltete sich in die Affäre um Lisa ein und warf der deutschen Polizei vor, Fakten bewusst zu vertuschen.[183] Das heizte die Verschwörungstheorien und die ausländerfeindliche Hetze im Netz weiter an. Bei einem Treffen mit dem russischen Präsidenten Wladimir Putin betonte Kanzlerin Merkel im Frühjahr 2017, dass sie gegen Fehlinformationen wie diese »entschieden vorgehen« werde.[184]

Verteidigungsministerin Ursula von der Leyen sprach im Februar 2017 in einer Rede über diesen Fall und nannte ihn ein »manipulatives Zusammenspiel [...] von Social-Media-Hetze und staatlichen Äußerungen«: »Denn die Destabilisierungspropaganda träufelt das Gift unauffällig, stetig und gut verpackt in vermeintlich objektive Informationen in unsere Gesellschaften. Nicht umsonst kombiniert der gefakte Fall ›Lisa‹ Flüchtlinge, ein russischstämmiges Mädchen und Vergewaltigungen.« Außenminister Lawrow habe der deutschen Regierung gesagt, er hoffe, dass »diese Migrationsprobleme nicht zu dem Versuch führen, die Wirklichkeit wegen innenpolitischer Ziele politisch korrekt zu übermalen.« Moskau habe Berlin dazu aufgerufen, den Fall nicht unter den Teppich zu kehren, so von der Leyen. Und weiter: »›Migrationsprobleme‹, ›Versuch‹, ›Wirklichkeit‹, ›politisch korrekt übermalen‹, ›unter den Teppich kehren‹ – allein die Wortwahl deutet auf Manipulation hin.«[185]

Mit der falschen und teilweise bewusst so weitergetragenen Version um das Verschwinden von Lisa sollte in Deutschland wohl die Stimmung gegen Flüchtlinge angeheizt und das Misstrauen gegen den deutschen Staat gesteigert werden, darum sprach von der Leyen auch von »Destabilisierungspropaganda«. Benutzt wurde dafür ein wahres Ereignis – Lisa war ja tatsächlich eine Nacht lang verschwunden –, das dann aber um falsche Informationen ergänzt und weiterverbreitet wurde. Der Fall Lisa wird im Bundesamt für Verfassungsschutz als Paradebeispiel für Fake News angesehen.[186]

Der Fall des angeblich toten Flüchtlings

Ebenfalls im Januar 2016 kursierte unter Berliner Flüchtlingshelfern auf Facebook eine Nachricht, die besagte: »Soeben ist ein 24-jähriger Syrer, der tagelang am Lageso bei Minusgraden im Schneematsch angestanden hat, nach Fieber, Schüttelfrost, dann Herzstillstand im Krankenwagen, dann in der Notaufnahme – VERSTORBEN.«[187] Das Lageso ist das Landesamt für Gesundheit und Soziales in Berlin, es ist auch die zentrale Anlaufstelle für Asylbewerber in der Hauptstadt. Im Winter 2015/2016 standen viele Asylbewerber trotz schlechten Wetters mehrere Stunden in langen Schlangen vor der Tür des Lageso.

Die Nachricht, die von einem freiwilligen Helfer des Bündnisses »Moabit hilft« auf Facebook gepostet worden war, verbreitete sich rasend schnell. Nur kurze Zeit später hakten Medien nach, doch weder die Polizei noch die Feuerwehr konnte die Nachricht bestätigen. Auch sie fingen an zu ermitteln. Das Bündnis veröffentlichte auf seiner eigenen Website eine Todesanzeige und schrieb, der Tod des Flüchtlings sei auf die schlechten Zustände rund um das Lageso zurückzuführen. Die dpa, die Deutsche Presse-Agentur, gab daraufhin eine Nachrichtenmeldung mit dem Titel »Moabit hilft: Flüchtling gestorben – mit Fieber vor Lageso« heraus. Wohlgemerkt: Sie vermeldete nicht, dass es einen toten Flüchtling vor dem Lageso gegeben habe, sondern dass das Bündnis »Moabit hilft« sage, es habe einen toten Flüchtling vor dem Lageso gegeben. Damit blieb immer noch die Möglichkeit offen, dass die Information des Bündnisses nicht stimmte. Das ist ein feiner, aber in Fragen der journalistischen Regeln wichtiger Unterschied (S. 109). Nach der dpa-Meldung griffen seriöse Medien die Geschichte auf. Viele Menschen verstanden die Meldung aber so, als ob sie besagte, ein Flüchtling *sei* vor dem Lageso gestorben.

Der Helfer, der die Nachricht gepostet hatte, versteckte sich währenddessen in seiner Wohnung und wollte mit niemandem reden. Später an diesem Tag sprach er doch mit der Polizei und gestand, dass er alles nur erfunden hatte. Zu diesem Zeitpunkt hatte die Fake News in Berlin bereits hohe Wellen geschlagen. Warum? Weil in Berlin damals schon seit Wochen über die Bedingungen am Lageso und den Umgang mit Asylbewerbern diskutiert worden war. Es war eine emotionale Debatte, darum auch besonders anfällig für Fake News.[188] Warum der freiwillige Helfer diese falsche Nachricht in die Welt gesetzt hat, ist bis heute nicht bekannt. Man kann nur mutmaßen, dass er damit gezielt Aufmerksamkeit für die Lage der Asylbewerber erzeugen wollte. Tatsächlich waren Helfer, Polizei und Feuerwehr aber einen Tag lang ausschließlich damit beschäftigt, seiner Lüge nachzugehen.

Diese beiden Fälle waren, obwohl sie teilweise bereits Auswirkungen hatten, die bis auf die diplomatische Ebene reichten, vergleichsweise unbedeutend. Sie zielten darauf ab, die ohnehin angespannte Stimmung in Deutschland in Bezug auf Flüchtlinge noch weiter anzuheizen. Andere Beispiele, vor allem im Ausland, zeigen, wie groß der Einfluss von Fake News mittlerweile in der internationalen Politik geworden ist.

Der Faktor Russland

Ein Land spielt bei der Frage nach den Ursachen und den Urhebern von Fake News eine besondere Rolle – und zwar international: Russland. Denn, wie der *SPIEGEL* schreibt, habe Russland angefangen, sich auf eine alte Geheimdiensttechnik zu besinnen: »desinformazija« – was auf Deutsch so viel wie »Desinformation« heißt. Der ehemalige russische Generalstabschef Walerij Gerassimow habe an diese Technik erinnert. Es gehe dabei darum, den »Feind mit minimalen Kosten [zu] destabilisieren«[189]. Das Ziel von »desinformazija« ist es also, Menschen in anderen Ländern daran zweifeln zu lassen, was wahr ist und was nicht, und daran, ob sie den Informationen ihrer Regierung und Presse noch trauen können oder nicht.[190]

Vor allem im Vorfeld von Wahlen in anderen Ländern kann diese Taktik eingesetzt werden. »Ziel des Kremls ist es demnach nicht, einer bestimmten Partei zum Sieg zu verhelfen«, berichtete die *ZEIT* in Bezug auf den Bundestagswahlkampf 2017. »Es geht darum, das Vertrauen der Bürger zu erschüttern: in die Sicherheit des Landes, in die Stabilität des täglichen Lebens, in die Integrität von Personen und Institutionen. Ein alles zersetzender Verdacht soll sich ausbreiten, die Demokratie schwächen.«[191] Im Jahr 2013 hatte Gerassimow in einem Bericht beschrieben, dass sich das friedliche Zusammenleben durch diese Strategie »innerhalb von Monaten, sogar von Tagen in die Arena eines heftigen bewaffneten Konflikts verwandeln, das Opfer einer fremden Invasion werden und im Chaos, in einer humanitären Katastrophe, im Bürgerkrieg versinken« könnte.[192]

Die Strategie dieser nach ihm benannten Gerassimow-Doktrin besteht konkret darin, die bereits beschriebene Kombination aus Hackerangriffen, Leaks, Fake News, Social Bots und auch militärischen Maßnahmen einzusetzen.[193] Dazu zählen in Russland ebenso staatliche Programme wie *RT (Russia Today)* und *Sputnik*, die auch von Russen im Ausland viel wahrgenommen werden[194], und eine Reihe von Fake-News-Seiten, zu denen beispielsweise NewsFront gehört.[195] Dass unter anderem diese drei Redaktionen dabei immer wieder gegenseitig aufeinander verweisen, soll die Quellenlage der gefälschten oder stark überzogenen Berichte seriöser erscheinen lassen.[196]

Im Ukrainekonflikt wurden diese Methoden von Russland bereits eingesetzt. Gezielt haben russische Agenturen im Auftrag der Regierung angefangen, die öffentliche Meinung über die sozialen Medien zu beeinflussen.[197] Vor der Annexion der Krim beispielsweise hat Russland dort ganz bewusst Fake News übers Fernsehen, das Internet und über Zeitungen verbreitet. Die Bevölkerung auf der Krim wurde auf diese Weise vorab getäuscht und war schließlich offenbar so überzeugt von dem, was sie hörte und sah, dass es bei der Besetzung der Halbinsel später keine Todesopfer durch Widerstand gab.[198]

Der Journalist Maxim Eristavi berichtet über die Wirkungskraft von Fake News im Ukrainekonflikt: »Der Kampf mit Worten ist wichtiger geworden als die tatsächlichen Schlachtfelder. Propaganda ruiniert Familien, gefährdet Leben, löst Kriege aus und beendet sie.«[199]

Von Beginn an bestritt der russische Präsident Putin, dass die Rebellen in den Separatistengebieten durch den Kreml angeleitet würden. Doch einigen deutschen Journalisten wurden Tausende E-Mails zugespielt, die genau das Gegenteil beweisen. Aus diesen E-Mails geht hervor, dass Russland in seiner Desinformationskampagne weit über den Einsatz von Fake News hinausging. So forderte Moskau beispielsweise, allgemein Nachrichten mit dem Grundton »In der Ukraine ist es schlechter« zu bringen. Zur Ankunft des 50. russischen Hilfskonvois in Donezk wurde ein in den Augen des Kremls gebührender Empfang bestellt: Es sollten sich Menschen zur Begrüßung einfinden – »Kinder, Lehrer (2–3), Ärzte (2–3)«, auch Rentner sollten kommen, um Dankesbriefe vorzulesen.

Ein anderes Mal kam der Auftrag, Geschichten zu inszenieren, wie dankbar die Menschen in Luhansk Präsident Putin seien: »Zum Beispiel: ›Eine Oma strickt Socken für Putin‹, ›Kinder malen Putin-Porträts‹, ›Ein Bildhauer bei den letzten Arbeiten am Modell für ein Putin-Denkmal, das er [...] in Luhansk aufstellen möchte‹.«[200] Bei diesen Beispielen geht es der russischen Regierung nicht mehr darum, gefälschte Nachrichten in die Welt zu setzen, sondern Ereignisse gezielt für Nachrichten zu inszenieren. Das kann man als Propaganda bezeichnen.

Der Faktor USA

In den Vereinigten Staaten von Amerika kamen Fake News vor allem im Vorfeld der Präsidentschaftswahl 2016 auf. Der Wahlkampf zwischen der Kandidatin der Demokraten, Hillary Clinton, und dem Kandidaten der Republikaner, Donald Trump, wurde sehr emotional und reißerisch geführt. Verstärkt wurde diese Stimmung noch dadurch, dass viele Menschen sich eher durch Fake News anstatt durch seriöse Berichterstattung mit dem Wahlkampf auseinandersetzten. So wurden in der Endphase des Wahlkampfs die 20 erfolgreichsten Fake News auf Facebook häufiger geteilt, gelikt und kommentiert als die 20 erfolgreichsten Berichte seriöser Medien, wie das Online-Portal www.buzzfeed.com herausfand.[201] Vor allem Hillary Clinton, ihr Team und ihre Familie waren Opfer solcher Fake News. Das Bild, das durch diese gezielt platzierten Fake News von der demokratischen Kandidatin gezeichnet wurde, passte nur zu gut zu Donald Trumps wiederholter Beleidigung »crooked Hillary«, wie er sie öffentlich nannte, also die »betrügerische« oder »unehrliche« Hillary.[202]

Doch nicht nur die Hoffnung auf schnelles Geld oder die Zustimmung für Donald Trump waren Gründe für Fake News über Hillary Clinton. Auch für die russische Regierung war Hillary Clinton die »größte Hassfigur«, wie der *SPIEGEL* schreibt, weil sie einmal über den russischen Präsidenten gesagt hatte, als ehemaliger Mitarbeiter des sowjetischen Geheimdienstes KGB könne er »gar keine Seele haben«, weil sie regierungskritische Demonstranten in Moskau unterstützte und auch ihre Syrien-Politik dem Kreml gegen den Strich ging. Er hatte ein großes Interesse daran, zu verhindern, dass sie US-Präsidentin wurde.[203] Und dafür setzte er – gemäß der Gerassimow-Doktrin – nicht nur Fake News ein. Durch einen Hackerangriff wurden E-Mails von Hillary Clinton gestohlen. In Sicherheitskreisen zweifle niemand daran, dass dahinter die Hackergruppen APT28 und APT29 im Auftrag der russischen Regierung steckten, gab die Sicherheitsexpertin Laura Galante an, die unter anderem Regierungen bei Fragen der Cyberkriminalität berät.[204]

Trotz der vielfältigen und vielseitigen Fake News im US-Wahlkampf: Diese Wahl wurde nicht durch die Kommunikation auf Facebook entschieden. Zwar lesen nur zwei von zehn Amerikanern regelmäßig gedruckte Zeitungen. Aber 57 % von ihnen gaben im Sommer 2016 an, sich über politische Nachrichten in erster Linie im Fernsehen zu informieren. Nur für 18 % der Amerikaner sind die sozialen Medien die wichtigste Nachrichtenquelle.[205] Ihr Einfluss hält sich also bisher noch in Grenzen. Wie sich dieser Trend weiterentwickelt, wird sich zeigen. Doch schon jetzt kann man beobachten, welch fatale Folgen Fake News haben können. Es ist deutlich geworden, dass die Beleidigungen und Anfeindungen gegenüber Reportern bei bestimmten Leuten in bestimmten Situationen in Gewalt umschlagen können. Ähnliches gilt für Fake News, wie ein Fall aus den USA zeigt.

Der Fall »Pizzagate«

Unter den vielen Fake News im US-Wahlkampf kursierte auch eine Nachricht, die besagte, Hillary Clinton und ihr Team betrieben einen Kinderpornoring – in den Hinterzimmern der Pizzeria Comet Ping Pong in Washington. Tatsächlich ist der Wahlkampfmanager von Hillary Clinton mit dem Betreiber der Pizzeria befreundet. In den E-Mails, die Hillary Clinton geklaut und später geleakt wurden, befanden sich auch mehrere Bestellungen für Pizzen aus diesem Restaurant. So weit der wahre Kern dieser Fake News. Verschwörungstheoretiker verbreiteten das Gerücht, dass das Wahlkampfteam auf diese Weise über die Kindersklaven im Hinterzimmer der Pizzeria kommuniziere. Im Dezember 2016 hatten laut CNN bereits Millionen von Amerikanern von dieser Fake News gehört.

Ein 29-jähriger Mann war unter denjenigen, die dieser Meldung Glauben schenkten. Er stieg in sein Auto und fuhr aus North Carolina nach Washington – was immerhin mehrere Stunden Autofahrt bedeutet. Er betrat die Pizzeria, schoss mit seinem Gewehr mehrmals um sich und rief, er wolle die Kinder befreien. Erst als er sah, dass dort weder Kinder als Sklaven gehalten noch sonstige Hinweise gefunden werden konnten, dass die Nachricht stimmte, ergab er sich der Polizei. Später wurde er von einem Gericht zu vier Jahren Haft verurteilt.[206]

Wenn man sich fragt, wie Fake News so schnell so weit verbreitet werden, muss man sich außer den sozialen Medien noch andere Websites angucken, denn über Facebook, Twitter und Co. werden sie ja nur geteilt. Wie sie in oder von Russland eingesetzt werden, wurde bereits beschrieben. Aber wo entstehen sie beispielsweise in den USA oder in Deutschland? Und wie werden sie öffentlich?

Eine Website, die es schon zu einiger Berühmtheit gebracht hat, ist die US-amerikanische Seite www.breitbart.com. Ihr ehemaliger Leiter Steve Bannon war Wahlkampfstratege von Donald Trump und von dessen Amtseinführung bis August 2017 Chefberater im Weißen Haus.[207] *Breitbart* veröffentlicht nicht ausschließlich Fake News, tatsächlich ist es eine Mischung aus echten – wenn auch sehr zugespitzt präsentierten – Nachrichten, polemischen Kommentaren und Fake News.[208] In Deutschland verfolgt das AfD-nahe Magazin *COMPACT* eine ähnliche Strategie.[209] Diese Mischung macht es schwer, Medien wie *Breitbart* pauschal als Lügen-Websites zu benennen. Doch einige Berichte der Seite sprechen für sich.

Der Fall der angeblich brennenden Kirche in Dortmund

Am 3. Januar 2017 wurde von einer Autorin namens Virginia Hale auf *Breitbart* eine Meldung veröffentlicht, deren Überschrift übersetzt lautet: »ENTHÜLLT: 1000-MANN-MOB ATTACKIERT POLIZEI, ZÜNDET AN SILVESTER DEUTSCHLANDS ÄLTESTE KIRCHE AN.«[210] Über tausend Männer hätten an Silvester unter »Allahu Akbar«-Rufen die älteste Kirche in Deutschland angezündet und die Polizei angegriffen; auch Flaggen der IS-nahen Freien Syrischen Armee seien zu sehen gewesen, heißt es in der Meldung. Die Botschaft, die *Breitbart* damit verbreiten wollte, ist klar: Mit Terroristen sympathisierende Flüchtlinge randalieren in Deutschland und zünden christliche Kirchen an.

Doch das stimmte nicht. Die Nachricht verzerrte wahre Ereignisse jener Silvesternacht. Abgesehen davon, dass die genannte Kirche nicht die älteste Deutschlands ist (diesen Fakt hat *Breitbart* später korrigiert), brannte auch nicht die Kirche, sondern nur das Netz eines Gerüsts, das an der Kirche aufgebaut war, weil sich eine Silvesterrakete darin verfangen hatte.

Statt tausend Männern riefen nur einige Flüchtlinge »Allahu Akbar«, um den Erfolg der Freien Syrischen Armee zu feiern. Deren Fahne wurde zwar tatsächlich geschwenkt, aber die Freie Syrische Armee ist keine Verbündete des IS, im Gegenteil: Zusammen mit westlichen Truppen kämpft sie seit Jahren *gegen* den IS.[211]

Über diese Ereignisse hatten beispielsweise die *Ruhr Nachrichten* berichtet, deren Reporter auch vor Ort gewesen war. Die Autorin von *Breitbart*, die im Londoner Büro ihren Bericht schrieb, bezog sich auf lokale Medien, übertrieb die Geschehnisse dabei aber derart verzerrend, dass es sich wohl kaum um ein Versehen oder einen Fehler handelte. Nachdem die Berichte über die Ausschreitungen in der Kölner Silvesternacht 2015/2016 weltweit für Aufsehen gesorgt hatten, versuchte sie vielleicht, die Geschichte eines Silvestermobs aus Flüchtlingen in Deutschland zu reproduzieren. Denn, wie die *ZEIT* analysiert: »Wichtig für Breitbart ist nicht die Suche nach Wahrheit, sondern der politische Radau.«[212]

An diesen Zielen von Fake-News-Schöpfern wie *Breitbart* und seinem ehemaligen Chef Steve Bannon lassen sich also durchaus Parallelen zu den Fake-News-Produzenten aus Russland erkennen: Beide wollen die Demokratie destabilisieren.[213]

»Auf den Gräbern dieses Friedhofs der toten Fakten wächst eine neue Welt der *gefühlten* Fakten, für die es bekanntlich keine Beweise geben kann«, schreibt der Publizist Norbert Schneider.[214] Was das bedeutet, haben die verschiedenen Fallbeispiele von Fake News deutlich gezeigt. Journalisten wie Politiker warnen, dass die Medienkompetenz der Menschen sich langsamer entwickle als die technischen Möglichkeiten der Manipulatoren.[215] Einige Politiker setzen auf neue Gesetze, die Fake News regulieren sollen (S. 143), andere fordern, man müsse die Menschen besser schulen. Denn ein großes Problem ist nach wie vor, dass Meldungen von fragwürdigen Quellen wie dem US-amerikanischen *Breitbart*, dem russischen *NewsFront* oder dem deutschen *COMPACT* bei Facebook im gleichen Layout erscheinen wie Meldungen von Qualitätsmedien.[216] Auch die Geschwindigkeit, mit der sich Fake News im Internet viral verbreiten, ist eine große Herausforderung.[217]

»›Postfaktisch‹ werden diese Zeiten genannt«, schreibt *SPIEGEL*-Chefredakteur Klaus Brinkbäumer, »weil für allzu viele Menschen Gerüchte und Lügen ebenso unterhaltsam und nach einer Weile ebenso wahr sind wie die Wahrheit. Facebook und Twitter verbreiten nun einmal alles, egal ob erfunden oder belegt, und alles sieht authentisch aus. Wenn Algorithmen zu Chefredakteuren werden, werden Menschen, die rassistische Texte lesen wollen, mit rassistischen Texten beliefert.«[218]

Die Frage ist also, wie man sich gegen die beschriebenen Arten der Wirklichkeitsverzerrung wehren kann, denn eine wirksame Medizin gegen Fake News ist schwer zu finden[219], auch wenn es einige Methoden gibt, die Wahrheit zu verteidigen (S. 138). Bis dahin gilt: »Ob man gut vorbereitet ist, weiß man immer erst, wenn es knallt«, wie die *ZEIT* schreibt. »Das ist das Perfide am Informationskrieg«.[220]

KAPITEL ZWEI

Grundkurs Medien

Journalisten wird viel vorgeworfen – und sie haben selbst einige Fehler gemacht. Es wird also Zeit, sich einmal anzusehen, welche Regeln seriöse Journalisten sich auferlegt haben, wie Redaktionen funktionieren, welche Kontrollmechanismen sie haben – und wie all dies von der Realität immer wieder herausgefordert wird. Es wird Zeit für einen Blick hinter die Kulissen.

Die Presse ist frei – wer sagt das?

»Medien sind eben nicht ein Geschäft wie jedes andere, was man zum Beispiel daran erkennen kann, dass die Produktion von Kaugummis nicht unter dem Schutz des Grundgesetzes steht«, so der berühmte Journalist Herbert Riehl-Heyse.[1]

Die Pressefreiheit ist im Grundgesetz verankert.[2] »Verankert« sagt man dabei gerne, um deutlich zu machen, was für ein starker Fels das Grundgesetz ist. Es müssen hohe Hürden überwunden werden, um an der Verfassung etwas zu ändern. Im Grundgesetz sind die wichtigsten Werte unserer Gesellschaft festgeschrieben, wie zum Beispiel die Wahrung der Würde des Menschen, die Gleichheit jedes

Menschen vor dem Gesetz, das Diskriminierungsverbot oder die Religionsfreiheit.

In Artikel 5 Grundgesetz heißt es:

(1) Jeder hat das Recht, seine Meinung in Wort, Schrift und Bild frei zu äußern und zu verbreiten und sich aus allgemein zugänglichen Quellen ungehindert zu unterrichten. Die Pressefreiheit und die Freiheit der Berichterstattung durch Rundfunk und Film werden gewährleistet. Eine Zensur findet nicht statt.

(2) Diese Rechte finden ihre Schranken in den Vorschriften der allgemeinen Gesetze, den gesetzlichen Bestimmungen zum Schutze der Jugend und in dem Recht der persönlichen Ehre.[3]

Wer genau liest, dem fällt auf: Es heißt, »jeder« habe das Recht, sich zu informieren und seine Meinung frei zu äußern und zu verbreiten. Das nennt man allgemein Meinungsfreiheit. Eine Folge dieser Formulierung ist, dass die Berufsbezeichnung »Journalist« nicht geschützt ist. Man muss also nicht erst eine Prüfung ablegen oder einen Antrag stellen.[4] Jeder kann Journalist sein.

Viele Menschen wissen das nicht. Wer vermutet, Journalisten seien »von oben gesteuert«, nimmt wahrscheinlich auch an, sie würden ihre »Lizenz« verlieren, wenn sie nicht schreiben, was »die da oben« wollen. Aber eine derartige Lizenz gibt es nicht.

Im zweiten Satz von Artikel 5 Absatz 1 Grundgesetz ist von der Pressefreiheit die Rede, dieser besonderen Art der Meinungsfreiheit. Sie gilt nicht nur für geschriebene Sprache, ob online oder gedruckt, sondern auch für Fernsehen und Radio.

Im dritten Satz heißt es: »Eine Zensur findet nicht statt.«

Das Wort »Zensur« kommt vom lateinischen »censere« und heißt »schätzen, begutachten, prüfen«. Im alten Rom war ein Censor jemand, der unter anderem über die Sitten der Römer wachte. Im Zusammenhang mit der Presse versteht man Zensur heutzutage als eine Prüfung von zum Beispiel staatlicher Stelle, ob eine bestimmte Information herausgegeben werden darf oder nicht. Solch eine Zensur findet in Deutschland nicht statt. Allein die Journalisten und Redaktionen entscheiden, was sie publizieren und was nicht.

In anderen Ländern gelten andere Gesetze. In manchen Ländern ist die Pressefreiheit eingeschränkt, das heißt, es werden immer wieder Berichte über ausgesuchte Themen unterbunden, einzelne Werke oder gar jeder Text von bestimmten Journalisten oder Autoren komplett verboten. Der britische Historiker Timothy Garton Ash schreibt dazu: »Die effektivste und heimtückischste Zensur, etwa im heutigen China oder im Iran, hat keine schriftlichen Regeln, sondern beruht auf willkürlichen Entscheidungen von Regierungsbeamten und Parteifunktionären, gegen die es keine Berufung gibt.«[5] In diesen Staaten unterstehen die Massenmedien direkt der Regierung und dienen ihr dazu, die Willensbildung der Bevölkerung zu beeinflussen.[6] Denn »[e]ine Demokratie kann ohne freie Presse nicht lange überleben und eine Diktatur nicht ohne Zensur«, fasst Ash zusammen.[7] Auf der Rangliste zur Pressefreiheit der Organisation Reporter ohne Grenzen aus dem Jahr 2017 steht Norwegen auf Platz 1, Russland auf Platz 148, Iran auf Platz 165, China auf Platz 176 und

Nordkorea auf Platz 180 – von 180. Deutschland liegt auf Platz 16.[8]

Der zweite Absatz von Artikel 5 Grundgesetz verdeutlicht, dass die Pressefreiheit auch Grenzen hat – nämlich in anderen Gesetzen. Journalisten dürfen zum Beispiel niemanden verleumden, also Informationen über jemanden veröffentlichen, die nicht stimmen und ihm so schaden. Wenn sie beispielsweise behaupten würden, Angela Merkel sei eine verurteilte Diebin, so wäre das eine Verleumdung, gegen die Angela Merkel vorgehen könnte. Sie könnte vor Gericht verlangen, dass diese Meldung nicht weiterverbreitet wird, und ihr könnte eine Entschädigung zugesprochen werden. Falschmeldungen können für Redaktionen also teuer werden. Es gibt aber noch weitere Kriterien, die eingrenzen, wann etwas eine Nachricht wert ist oder nicht (S. 106).

Insbesondere Urteile des Bundesverfassungsgerichts konkretisieren die Pressefreiheit. So hat es zum Beispiel entschieden, dass der Staat die Pflicht hat, zu verhindern, dass die freie Presse durch Meinungsmonopole in Gefahr gerät.[9] Es dürfen sich also nicht zu viele oder zu große Verlage und Presseunternehmen zusammenschließen, sodass keine Konkurrenz mehr herrscht und damit auch keine gegenseitige Überprüfung.

Zusammenfassend lässt sich festhalten: Der Beruf des Journalisten ist einer der wenigen, deren Bedeutung in der Verfassung festgeschrieben ist.[10]

Wofür brauchen wir überhaupt Journalisten?

Wie wichtig etwas ist, lässt sich ganz gut durch ein kleines Experiment erkennen: Wie wäre es, wenn es nicht da wäre?

Stellen wir uns also einmal kurz eine Welt ohne Journalisten vor. Wie sähe die aus? Keine Nachrichten im Fernsehen oder im Radio, keine Zeitungen, keine Informationen aus Redaktionen im Internet oder in einer App. Wie erfährt man jetzt aber, dass es in Manchester einen Bombenanschlag gegeben hat? Woher weiß man, ob die eigene Lieblingsfußballmannschaft ihr Spiel gewonnen hat? Wer berichtet den Wählern, was die Parteien im Bundestagswahlkampf versprechen? Und wer sagt einem, wie das Wetter morgen wird? Man müsste sich an vielen Orten der Welt gleichzeitig informieren, eigenständig Wetterexperten anrufen oder lernen, die Zeichen selbst zu deuten. Auch wenn wir in Zeiten des Internets leben, ist das etwas viel verlangt. Unmöglich kann sich jemand ganz allein über all die wichtigen Dinge, die in der Welt passieren, auf dem Laufenden halten. Darum hat die Gesellschaft die Beschaffung und Aufbereitung von Informationen an Leute abgegeben, die das professionell machen. Ähnlich wie Wähler bei einer Bundestagswahl mit ihrer Stimme politische Vertreter nach Berlin schicken.[11]

Die wesentlichen Aufgaben von Journalisten sind zusammengefasst: recherchieren, informieren, aufklären, kontrollieren, kritisieren, sozialisieren, bilden, kultivieren und auch unterhalten.[12]

Natürlich können Politiker heutzutage unter anderem über die sozialen Netzwerke direkt mit den Wählern kommunizieren. Sie wissen auch, welche Vorteile das hat, wie in einer Fernsehdokumentation deutlich wurde. Dort sagte zum Beispiel Sahra Wagenknecht (Die Linke) über den Kontakt zu den Wählern über ihren Facebook-Account: »Ich nutze es ja selbst, [...] wenn ich in der Woche so um die eine Million erreiche, ist das eine mittlere Zeitung [...]. Das ist schon etwas, wo ich auch froh bin, weil da filtert mich keiner, da bin ich nicht darauf angewiesen, dass mich einer etwas fragt, sondern da kann ich reinstellen, was ich für richtig halte.« Ganz ähnlich sieht das Frauke Petry (AfD), die für dieselbe Doku interviewt wurde: »Die sozialen Medien haben natürlich für uns den großen Vorteil, dass es keinen Filter zwischen uns als politischem Sender und dem Bürger oder auch der Konkurrenz als Empfänger der Botschaft gibt.«[13] Man merkt: Politiker haben in den sozialen Medien ein Instrument erkannt, das es ihnen ermöglicht, Journalisten zu umgehen. Sie kommunizieren eins zu eins mit ihren Anhängern und müssen sich keinen unbequemen Fragen stellen.[14] Das mag für sie sehr komfortabel sein. Im Interesse der Wählerinnen und Wähler, der Bürgerinnen und Bürger ist das auf Dauer aber nicht. Sie würden sich ja auch beim Kauf einer Waschmaschine nicht nur vom Hersteller selbst sagen lassen, warum sein Produkt das beste ist, sondern ziehen Tests und Vergleiche von unabhängiger Seite zurate. Genauso muss es im politischen Supermarkt zugehen: Um die Angebote wirklich vergleichen zu können, müssen sich die Parteien und Kandidaten den Herausforderungen der Medien stellen.

Was soll das heißen, die Vierte Gewalt?

In der Bundesrepublik Deutschland herrscht Gewaltenteilung, womit verhindert werden soll, dass Einzelne zu viel Macht erlangen. Aufgeteilt ist die Macht in unserem Grundgesetz darum in drei Gewalten: Die Gesetzgebung (Legislative), die Ausführung des Gesetzes (Exekutive) und die Rechtsprechung (Judikative).[15]

Sehen wir uns diese drei Gewalten auf Bundes- und Landesebene an: Gesetze verabschieden die Parlamente, die somit die Legislative sind; die Regierungen bilden jeweils die Exekutive. Die Richter und Gerichte fungieren als Judikative. Sie sind unabhängig, nur dem Gesetz verpflichtet. Beschließt der Bundestag ein Gesetz, das nicht der Verfassung entspricht, kann das höchste Gericht in Deutschland, das Bundesverfassungsgericht, dieses Gesetz auf Antrag wieder aufheben. Die Richter am Bundesverfassungsgericht haben so das letzte Wort über die Gültigkeit eines Bundesgesetzes.

Der Rechtsstaat in Deutschland ist also gut abgesichert. Doch zusätzlich zu diesen drei Gewalten gibt es noch eine Kontrollinstanz, die so etwas wie eine schnelle Eingreiftruppe ist: die Medien. Auch wenn das so explizit in keinem Gesetz geregelt ist, werden Journalisten oft als »Vierte Gewalt« bezeichnet.[16] Denn sie können die Aufmerksamkeit vieler Menschen auf bestimmte Themen richten und somit all das aufdecken, was falsch läuft. Wenn ein Journalist einer Sache nachgeht, ist er vielleicht erst einmal allein oder nur mit ein paar Kollegen an einer Geschichte dran. Aber wenn er dann zum Beispiel in der *Süddeutschen Zeitung* über ein Problem schreibt oder ein Reporter in der *Tagesschau* davon berichtet, dann benutzt er quasi ein gigantisches Megafon und es lesen über 1,3 Millionen Leute beziehungsweise sehen es fast zehn Millionen Zuschauer.[17]

Gerade deswegen reden viele mächtige Menschen nur ungern mit Journalisten. Denn wenn sie sich im Gespräch verplappern oder einen Fehler machen, dann schreibt der Journalist darüber und – zack: Die ganze Welt erfährt davon.

Für die Gesellschaft ist es besonders wichtig, wenn Journalisten Missstände aufdecken, die andere versuchen zu verheimlichen: Etwa wenn etwas Schädliches im Essen enthalten ist oder in einer Schule Kinder keine funktionsfähigen Toiletten mehr haben. Nicht immer geht es dabei um Straftaten, manchmal geht es auch nur um Dinge, die moralisch zweifelhaft sind. Wenn ein Politiker beispielsweise bei einer Lüge erwischt wird oder ein Manager sagt, er finde es in Ordnung, dass er Millionen verdiene, während seine Mitarbeiter nur den Mindestlohn bekämen. Das wären keine Fälle für ein Gericht – Lügen und Gier sind nicht gleich strafbar. Aber wissen sollte es die Gesellschaft trotzdem. Der Fall von Karl-Theodor zu Guttenberg ist dafür exemplarisch (S. 20).

Besonders relevant werden solche Informationen natürlich, wenn es um Wahlen geht. Der kritische Journalismus hat eine wichtige Aufgabe in einer Demokratie, das sagt auch der Präsident des Bundesverfassungsgerichts Andreas Voßkuhle, also der höchste Richter Deutschlands.[18]

Doch eines können Journalisten kaum: Dinge ändern. Sie können lediglich Probleme aufdecken und immer wieder auf sie hinweisen. Dadurch wird ein großer Druck auf die Verantwortlichen aufgebaut, dass *sie* etwas ändern müssen.

»Die Medien« – wer ist das?

In letzter Zeit ist häufig von »den Medien« die Rede. Es fallen zum Beispiel Sätze wie »Die Medien interessiert das nicht« oder »Die Medien haben darüber nur ganz kurz berichtet«. Aber wer soll das eigentlich sein, »die Medien«? Sich so auszudrücken ist sehr verallgemeinernd. Journalisten sind Individuen wie alle anderen Menschen. Es gibt natürlich auch in Redaktionen schwarze Schafe, Journalisten, die Regeln nicht beachten oder schlampig arbeiten. Die Bandbreite von Journalisten, so schreibt Timothy Garton Ash, reicht »von rundweg verbrecherisch bis wirklich heroisch«. Und dennoch tragen sie alle denselben Titel: »Auch ein verabscheuungswürdiger Journalist, der verabscheuungswürdigen Journalismus betreibt, ist ein Journalist.«[19]

Aber wenn man sich all jene anguckt, die ihren Job ernst

nehmen und ihre Arbeit seriös machen, dann erkennt man, dass sie alle etwas gemeinsam haben: Journalisten sind professionelle Welterklärer. Ihre Neugier treibt sie an, sie stellen sich und anderen Fragen und wollen mehr erfahren über die Welt, in der wir leben. An ihren Erkenntnissen lassen sie dann andere, die es interessiert, teilhaben. Die meisten Journalisten machen ihre Arbeit also nicht, weil sie dadurch reich oder berühmt werden – das gelingt nur den wenigsten –, sondern sie tun es aus voller Überzeugung.

Wenn von »den Medien« die Rede ist, sind also nur selten einzelne Journalisten gemeint, sondern meist ganze oder sogar mehrere Redaktionen.

Man kann Redaktionen und ihre Produkte – also Sendungen, Zeitungen, Magazine, Websites – auf mehrere Arten unterteilen, unter anderem in »general interest« und »special interest«. Redaktionen, die sich dem »generellen Interesse« verschrieben haben, berichten über alles, was interessant sein könnte in der Welt: Politik und Wirtschaft, Sport und Kultur, Wissenschaft und Klatsch. Unter »special interest« fallen zum Beispiel Fußball- oder Modemagazine. Für die Aufgabe von Journalisten als Vierte Gewalt (S. 92) spielen vor allem die »general interest«-Medien eine wichtige Rolle. Alle großen Medienmarken kommunizieren Nachrichten heute über verschiedene Kanäle – per App, E-Paper, Newsletter, auf Facebook, Twitter und YouTube, über Websites, mache sogar über WhatsApp oder Snapchat. Häufig sind verschiedene Redaktionen unabhängig voneinander für den Print-, den Online- oder den Social-Media-Auftritt so einer Medienmarke zuständig. Ihren Ursprung haben die meisten dieser Marken in Tageszeitungen, Wochenmagazinen sowie Fernsehsendern oder -sendungen. Darum ist es sinnvoll, sich diese Ursprungsmedien der einzelnen Marken genauer anzusehen.

Wenn es um die Frage geht, von wie vielen Menschen eine Zeitung gelesen wird, unterscheidet man zwischen der Größe der verkauften Auflage und der Reichweite. Die verkaufte Auflage beziffert, wie viele Exemplare einer Ausgabe tatsächlich analog und digital verkauft wurden, durch ein Abo oder am Kiosk. Die Reichweite zeigt an, wie viele Leute insgesamt eine Ausgabe gelesen haben, denn zahlreiche Exemplare werden ja von mehreren Leuten gelesen, wie zum Beispiel von zwei bis drei Familienmitgliedern oder von 20 bis 30 Friseurkunden am Tag.[20]

Tageszeitungen

Die ***BILD*** ist eine überregionale Tageszeitung, die montags bis samstags erscheint. Die *BILD* ist ihrem Namen treu, zeigt also sehr viel mehr Bilder als Text und hat große Überschriften, die Themen stark zuspitzen, was auch für ihren Online-Auftritt www.bild.de gilt: Sie ist eine sogenannte Boulevardzeitung. Am 24. Juni 1952 erschien sie zum ersten Mal.[21] Ihre verkaufte Auflage beträgt derzeit 1788626 Exemplare, die Reichweite liegt bei 8,46 Millionen Lesern. Ihren Hauptsitz hat die *BILD* in Berlin.

Die Welt ist eine bundesweit erscheinende Tageszeitung, wird wie die *BILD* vom Axel-Springer-Verlag herausgegeben und hat ihren Hauptsitz auch in Berlin. Sie erscheint montags bis samstags. Ihre erste Ausgabe kam am 2. April 1946 heraus. Sie hat vor allem eine bürgerlich-konservative Leserschaft und eine Auflage von 170531 Exemplaren bei einer Reichweite von 0,76 Millionen Lesern. Online ist sie unter www.welt.de zu finden.

Die ***Frankfurter Allgemeine Zeitung*** (kurz: *FAZ*) gehört ebenfalls zu den großen überregionalen Tageszeitungen und erscheint montags bis freitags. Gegründet wurde sie im November 1949 und hat seitdem ihren Sitz, wie der Name verrät, in Frankfurt am Main. Ihre verkaufte Auflage beträgt 240325 Exemplare, ihre Reichweite eine Million Leser. Die *FAZ* gilt als politisch konservativ. Ihren Online-Auftritt findet man unter www.faz.net.

Die ***Süddeutsche Zeitung*** (kurz: *Süddeutsche* oder *SZ*) erschien zum ersten Mal am 6. Oktober 1945, also wenige Monate nach Ende des Zweiten Weltkrieges. Montags bis samstags gibt es bundesweit eine neue Ausgabe. Die Redaktion der *Süddeutschen Zeitung* sitzt in München. Ihre verkaufte Auflage liegt bei 365938 Exemplaren, ihre Reichweite bei 1,32 Millionen Lesern. Die politische Ausrichtung der *Süddeutschen Zeitung* ist eher gemäßigt links. Im Netz ist sie unter www.sz.de zu finden.

Die Tageszeitung ***taz*** erscheint ebenfalls bundesweit. 1978 wurde sie als alternative, selbstverwaltete linke Zeitung in West-Berlin gegründet. Bis heute hat sie ihren Hauptsitz in Berlin. Sie erscheint montags bis samstags, ihre verkaufte Auflage beträgt 50487 Exemplare, damit erreicht sie 212000 Leser. Unter www.taz.de kann man Beiträge der *taz* auch online lesen.[22]

Wochenzeitungen und Magazine

Die ZEIT ist eine Wochenzeitung, die zum ersten Mal im Februar 1946 erschienen ist und seitdem jeden Donnerstag herauskommt. Der Hauptsitz der Redaktion liegt in Hamburg, ihre politische Haltung ist liberal. Ihre verkaufte Auflage liegt bei 504420 Exemplaren, damit hat sie eine Reichweite von 2,34 Millionen Lesern.[23] Die Website der Online-Redaktion befindet sich auf www.zeit.de.

Das Nachrichtenmagazin ***Focus*** erschien am 18. Januar 1993 zum ersten Mal und ist damit das jüngste in dieser Aufzählung. Die neue Ausgabe wird immer am Samstag veröffentlicht und verkauft werden derzeit 456020 Exemplare[24], womit der *Focus* 3,62 Millionen Leser erreicht[25]. Im Netz findet man ihn unter www.focus.de. Die Redaktion des *Focus* sitzt in München. Politisch gilt das Magazin als eher konservativ.

Der SPIEGEL hat seinen Hauptsitz in Hamburg und erscheint einmal die Woche. Die erste Ausgabe des Nachrichtenmagazins wurde am 4. Januar 1947 veröffentlicht, seitdem hat sich der Erscheinungstag des *SPIEGEL* mehrmals geändert, derzeit liegt er auf dem Samstag.[26] Das Magazin hat eine verkaufte Auflage von 771066 Exemplaren und erreicht damit 5,88 Millionen Leser.[27] Auf www.spiegel.de findet sich der Online-Auftritt des Magazins. Politisch gesehen steht der *SPIEGEL* tendenziell links.

Das Wochenmagazin ***Stern*** erschien zum ersten Mal am 1. August 1948 und ist ein etwas »bunteres« Blatt als der auf Nachrichten fokussierte *SPIEGEL*. Die verkaufte Auflage des *Stern* liegt derzeit bei 595729 Exemplaren und erreicht damit 7,12 Millionen Leser.[28] Wegen seiner Nähe zu Illustrierten – also zu Magazinen, die eher auf Bilder als auf Worte setzen – lässt sich die politische Ausrichtung des *Stern* nicht ganz einfach bestimmen; er wird von Mitte-Konservativ bis Mitte-Links eingeordnet. Ihren Hauptsitz hat die Redaktion in Hamburg, im Netz ist sie unter www.stern.de zu Hause.

Die großen überregionalen Zeitungen haben jeweils eine Wochenendausgabe, die meist etwas dicker ist und manchmal auch in einer separaten Redaktion entsteht. Erkennen kann man diese Wochenendausgaben daran, dass sie häufig auf »-s« enden, wie die »*FAS*«: *Frankfurter Allgemeine Sonntagszeitung*; die »*WamS*«: *WELT am Sonntag*; und die *BamS*: *BILD am Sonntag*. Nur die *Süddeutsche* nennt sich dann »*SZ am Wochenende*«.

Der öffentlich-rechtliche und private Rundfunk

Nach dem Zweiten Weltkrieg wurde von den Alliierten der öffentlich-rechtliche Rundfunk eingerichtet. Dieser umfasst Radio- und Fernsehkanäle, wobei das »Deutsche Fernsehen« zum ersten Mal 1954 auf Sendung ging – und das auch vorerst nur für zwei Stunden täglich.[29] Ziel des öffentlich-rechtlichen Rundfunks war und ist es, »mit ihren Sendungen der Information, Bildung und der Unterhaltung aller Bürger und somit der ›Grundversorgung‹ [zu] dienen«, so Kommunikationswissenschaftlerin Claudia Mast.[30] So sollte sichergestellt sein, dass sich nicht wieder von der Regierung gelenkte Medien entwickeln, wie unter den Nationalsozialisten oder in der DDR (S. 44). Die **ARD**, also die Arbeitsgemeinschaft der öffentlich-rechtlichen Rundfunkanstalten der Bundesrepublik Deutschland, besteht heute aus neun eigenständigen Landesrundfunkanstalten, die jeweils ihre eigenen Hauptsitze haben: WDR (Köln), SWR (Stuttgart), NDR (Hamburg), BR (München), MDR (Leipzig), HR (Frankfurt am Main), RBB (Berlin), SR (Saarbrücken) und RB (Bremen). Sie bieten die sogenannten dritten Programme an. Die ARD hat eine Reichweite von 40,72 Millionen Zuschauern am Tag.

1961 wurde in Mainz das **ZDF**, das Zweite Deutsche Fernsehen, als Konkurrenz zur ARD gegründet. Es ist im Gegensatz zu dieser zentral organisiert.[31] Das ZDF hat eine Reichweite von 33,42 Millionen Zuschauern am Tag. Mittlerweile können die einzelnen Beiträge aller öffentlich-rechtlichen Sender auch online abgerufen werden, unter www.ard.de beziehungsweise www.zdf.de.

Außerdem gibt es den Kultursender 3sat, den ARD und ZDF mit dem österreichischen Fernsehen ORF und der Schweizer SRG SSR betreiben; den Ereignis- und Dokumentationskanal Phoenix; den Kinderkanal KiKa; die deutsch-französische Kooperation arte; und seit 1994 landesweit das Deutschlandradio, das sein Programm ohne Werbung sendet.[32]

Anfang der 1980er-Jahre kamen mehrere **private Sender** im Radio und Fernsehen hinzu. Die meisten von ihnen gehören heute zu einer der zwei großen privaten Senderfamilien: ProSiebenSat.1 oder RTL.[33] Der Sender RTL erreicht dabei 23,64 Millionen Menschen täglich, Sat.1 13,24 Millionen und ProSieben 12,81 Millionen Zuschauer.

In Deutschland bemühen sich die meisten Medien um eine objektive Berichterstattung – abgesehen von den politischen Grundhaltungen der Zeitungen und Magazine, die für ihre Leser häufig ausschlaggebend sind. Das ist nicht überall so. In anderen Ländern herrschen andere Traditionen; dort orientieren sich die Medien häufig an bestimmten politischen Lagern. So sind die meisten Zeitungen in Skandinavien einer bestimmten politischen Partei verbunden.[34] Der Nachteil eines solchen Systems ist, dass Neueinsteiger es auf dem Medienmarkt meist sehr schwer haben und dass die Medienlandschaft, wie man es zurzeit in den USA beobachten kann, sehr stark gespalten ist.[35]

Was bedeutet eigentlich Recherche?

Das Wort »Recherche« kommt aus der französischen Sprache und heißt so viel wie »Untersuchung« oder »Nachforschung«. Der Begriff »recherchieren« ist also ein erster Hinweis darauf, dass Journalisten Informationen, die ihnen zugetragen werden, nicht einfach übernehmen, sondern sie hinterfragen und ihnen auf den Grund gehen.[36]

Nun ist durch die Digitalisierung (S. 37) das Wissen der Welt für alle Menschen mit Internetanschluss sehr viel besser zugänglich geworden. Auf diesem Wege können sie sich selbst informieren. Doch Medien liefern einen Service, für den die meisten Menschen nicht ausreichend Zeit oder Wissen haben: Aus der Masse an Informationen wählen sie die wichtigsten heraus, überprüfen sie und ordnen sie für ihre Konsumenten in Zusammenhänge ein. In einer Welt, in der viele Falschinformationen in Umlauf sind, ist eine gründliche Recherche umso bedeutsamer. »Recherchieren ist wichtiger als schreiben«, hat der Journalist Willi Kinnigkeit festgehalten.[37]

Woher bekommen aber Redaktionen ihre Informationen? Häufig wissen sie ja früher als alle anderen, dass in der Welt etwas passiert ist. Die meisten Redaktionen arbeiten mithilfe von Nachrichtenagenturen, denn kaum eine Redaktion hat die Möglichkeit, Journalisten in alle Länder der Welt zu schicken – sogenannte Korrespondenten. Dafür haben die Nachrichtenagenturen ein weltweites Netzwerk von Korrespondenten. Sie liefern aus jedem Winkel der Erde Informationen in Form von Meldungen, Berichten und Reportagen.[38] Diese bieten die Nachrichtenagenturen dann anderen Medien an.

Es gibt fünf Nachrichtenagenturen, die ihre Kunden weltweit mit Informationen beliefern: Associated Press (AP), Agence France-Presse (AFP), Reuters (rtr) und zum Teil UPI und Bloomberg.[39] Drei Agenturen liefern Nachrichten auf Deutsch: die Deutsche Presse-Agentur (dpa), die Agence France-Presse (AFP) und Reuters (rtr).[40] Die dpa hat sich zudem das Recht gesichert, in Deutschland die Nachrichten der AP zu vertreiben.[41]

In vielen Redaktionen laufen alle Meldungen der Nachrichtenagenturen über einen Ticker. Darauf kann man also auf die Sekunde genau sehen, was gerade vor sich geht. Wenn besonders wichtige, aktuelle Meldungen eingehen, werden diese durch eine Farbe oder einen Ton hervorgehoben. Redaktionen können diese Meldungen der Nachrichtenagenturen eins zu eins übernehmen. Gerade, wenn es schnell gehen muss, passiert das oft. Unter einer solchen Meldung findet man dann das Kürzel der jeweiligen Agentur, zum Beispiel »rtr« für Reuters.

Manchmal passiert es, dass mehrere Redaktionen dieselbe Meldung einer Nachrichtenagentur übernehmen[42] – beispielsweise nach einem Terroranschlag oder wenn eine prominente Person gestorben ist. Menschen, die nicht wissen, dass dahinter eine Nachrichtenagentur steht, oder das Kürzel einer solchen Agentur nicht erkennen und zuordnen können, wundern sich dann vielleicht, warum bei verschiedenen Medien wortwörtlich die gleiche Meldung erscheint. Weil ihnen der Hintergrund nicht bekannt ist, denken sie möglicherweise, die Medien hätten sich abgesprochen oder würden voneinander abschreiben. Wer jedoch weiß, wie Redaktionen arbeiten, blickt schnell dahinter.

Selbstverständlich sind Meldungen von Nachrichtenagenturen aber nicht die einzige Quelle, durch die Journalisten auf ihre Geschichten kommen.

Je nach Fachgebiet pflegen Journalisten Kontakte zu ganz unterschiedlichen Menschen: zu Politikern, Mitarbeitern der freien Wirtschaft, Experten in der Wissenschaft, Sportlern und Künstlern oder einfach nur den Menschen in ihrer Stadt. Von ihnen erfahren sie Neuigkeiten. Wenn sie Glück haben, hat von einer Neuigkeit noch kein anderer Journalist erfahren – das nennt man dann Exklusivinformationen.[43] Gegenüber öffentlichen Behörden haben Journalisten ein Auskunftsrecht[44], es sei denn, es bestehen Gründe für Geheimhaltung, beispielsweise bei laufenden Gerichtsverfahren.[45]

Natürlich müssen Journalisten aufpassen, dass sie von ihren Informanten nicht nur benutzt werden: Jeder, der Journalisten eine Nachricht zukommen lässt, verfolgt dabei ein Interesse. Darum sollten Journalisten ihre Quellen immer hinterfragen: Stimmt die Information wirklich? Kann meine Quelle das wirklich wissen? Gibt es andere Hinweise dafür, dass die Information stimmt?

Wenn das geklärt ist, sollte der Journalist außerdem überlegen: Warum erzählt mir diese Person das? Was ist ihr Interesse daran? Was passiert, wenn ich das veröffentliche? Hat der Informant etwas davon? Nicht alle, die mit Journalisten sprechen, verfolgen ehrenwerte Ziele. Mancher will vielleicht einem alten Feind eins auswischen oder einen aktuellen schwächen, andere wollen sich selbst oder ihre Freunde möglichst gut dastehen lassen. Je weniger die Quelle mit der eigentlichen Information zu tun hat, je offener sie einem Journalisten anvertraut, warum sie Informationen an ihn weitergibt, desto glaubwürdiger ist sie.[46]

Bleiben Zweifel an der Quelle oder der Wahrheit der Information, sollte der Journalist lieber auf eine Veröffentlichung verzichten.

Es gibt bekannte Fälle, in denen sich angesehene Journalisten schon blamiert haben. Sie wollten einer Quelle unbedingt glauben, weil die Geschichte, die sie erzählte, so unglaublich klang. Das berühmteste Beispiel in Deutschland ist der Fall der angeblichen Hitler-Tagebücher. Der *Stern* meinte 1983 in einer großen Titelgeschichte die Tagebücher von Adolf Hitler zu präsentieren und zitierte aus ihnen. Ziemlich schnell stellte sich aber heraus, dass die Tagebücher Fälschungen waren. Das hätten die Journalisten auch vorher merken können. Doch sie haben alle Hinweise darauf ignoriert, so verliebt waren sie in die Idee, einen solchen Scoop – so nennen Journalisten eine sensationelle, exklusive Geschichte – landen zu können.[47] Viele Journalisten träumen gerade am Anfang ihrer Karriere von so einer Geschichte.

Die Undercover-Recherche, die man aus Filmen oder Romanen kennt, ist nicht die Regel. Nur in besonderen Ausnahmefällen, wenn es wirklich keine anderen Möglichkeiten gibt, an eine Information heranzukommen, und sie einen solchen Aufwand auch rechtfertigt, recherchieren Journalisten verdeckt. Das heißt, sie offenbaren nicht, dass sie Journalisten sind, wenn sie ihre Fragen stellen, sondern tun so, als würden sie aus einem anderen Grund nachhaken. Dabei setzen sie manchmal ein geheimes Mikrofon oder eine versteckte Kamera ein.

Grenzen sind für seriöse Journalisten erreicht, wenn es darum geht, Menschen unter Druck zu setzen, um an Informationen zu gelangen, oder ihnen sogar Schaden zuzufügen.[48]

Aber längst nicht alle Journalisten arbeiten in einem Bereich, in dem investigative Recherche nötig ist – also eine Recherche, die sich nicht mit dem zufriedengibt, was man an Informationen bekommt, sondern weitere Quellen erschließt. Viel häufiger geht es darum, Informationen, die für die Leser, Zuhörer oder Zuschauer relevant sind, zu erkennen und sie verständlich und anschaulich zu vermitteln.

Was ist eine Nachricht wert?

Natürlich ist nicht jede Information eine Nachricht in den Medien wert. Was Max Mustermann heute Mittag gegessen hat, selbst was Angela Merkel heute zum Mittagessen hatte, ist eine Information, aber keine Nachricht. Wie entscheiden Journalisten also, was sie als Nachricht melden und was nicht? Damit sich nicht jeder einfach nur auf sein Bauchgefühl verlassen muss, gibt es bestimmte Kriterien, an denen Journalisten sich orientieren: Zunächst einmal ist immer ein Nachrichtenwert vorhanden, wenn sich, wie die Kommunikationswissenschaftlerin Claudia Mast schreibt, »etwas Unerwartetes, Ungewöhnliches oder Überraschendes ereignet hat«[49]. Journalisten fragen sich typischerweise: Ist das ein Fall von *»dog bites man«* (Hund beißt Mann)? Das kommt weltweit häufig vor und ist nicht ungewöhnlich. Oder ist es ein Fall von *»man bites dog«* (Mann beißt Hund)? Das ist eher selten und deshalb bemerkenswert.

Manche Ereignisse sind schon aufgrund ihrer Bedeutung berichtenswert, der erste Mensch auf dem Mond etwa; andere, weil viele Menschen beteiligt oder betroffen sind, beispielsweise bei Bundestags- und Landtagswahlen oder Katastrophen und Unfällen, bei denen Menschen ums Leben gekommen sind.[50]

Neben der reinen Bedeutung bestimmter Ereignisse spielt auch eine Rolle, wofür sich das jeweilige Publikum interessiert. Man unterscheidet vier Faktoren, die dieses Interesse beeinflussen:

1. Nähe: Je näher ein Ereignis einem Menschen ist, umso eher betrifft und interessiert es ihn folglich auch. Wenn eine Straße in einer fremden Stadt gesperrt ist, kann ihm das egal sein, nicht aber, wenn es die Straße vor der eigenen Tür ist. Genauso ist es mit Unwettern, Katastrophen und öffentlichen Ereignissen.
2. Prominenz: Je bekannter jemand ist, desto eher inte-

ressieren sich andere Menschen für ihn. Wie der britische Thronfolger heiratet, wollen viele Menschen im Fernsehen sehen, aber nicht die Hochzeit irgendeines anderen Paares aus London.

3. Aktualität: Leser, Zuschauer und Zuhörer haben ein großes Interesse daran, zeitnah von bestimmten Ereignissen zu erfahren. So weit es möglich ist, sogar vorher, beispielsweise bei Unwetterwarnungen. Sonst aber, was meistens der Fall ist, kurz nachdem sich etwas ereignet hat.
4. »Human interest«, also »menschliches Interesse«: dabei handelt es sich meistens um emotionale Geschichten, die aber auch lustig oder kurios sein können. Es geht also beispielsweise um eine Familie, die sich nach jahrelanger Trennung wiederfindet, oder einen Menschen, der von einer schweren Krankheit geheilt wird. So stehen den zuerst beschriebenen »harten« Nachrichten auch »weiche« Themen – wie man sie in der Journalistenbranche nennt – gegenüber, die einen gewissen Unterhaltungswert haben, wie beispielsweise der Bericht über ein neues Pandabär-Pärchen im Berliner Zoo.[51]

In der Realität treten diese einzelnen Faktoren natürlich häufig nicht so sauber voneinander getrennt auf, sondern vermischen sich.[52]

Letztendlich ist es immer eine Abwägungsfrage der Redaktion, welche Themen aufgegriffen werden und welche nicht. Dabei spielen auch die Tradition und der Charakter des jeweiligen Mediums eine Rolle.

Nachrichtenwert und Ausrichtung eines Mediums beeinflussen auch, in welchem Umfang über ein Thema berichtet wird: Sollen die Nachrichtenportale eine Eilmeldung an ihre Leser verschicken? Kommt das Thema auf die Titelseite einer Zeitung beziehungsweise wird es als erste Meldung verlesen? Wird es auf eine Meldung von 30 Zeilen begrenzt oder auf 300 Zeilen ausgebreitet? Bekommt es einen dreiminütigen Beitrag oder sogar eine eigene Sendung nach den Hauptnachrichten? Auch diese Entscheidungen müssen Journalisten aufgrund der genannten Auswahlfaktoren treffen.[53]

Dieser Überblick zeigt aber auch: Das Bild, das auf diese Weise von der Welt entsteht, ist natürlich unvollständig und hat vielleicht mit dem Alltag des einen oder anderen wenig zu tun. »Es enthält eher das Abweichende als das Normale, eher das Neue als das Bestehende, eher die Probleme als die Lösung«, schreibt Claudia Mast.[54] Eine Tendenz, die einige Menschen den Medien mittlerweile übel nehmen. Doch es gibt bereits alternative Ideen (S. 128).

Welche Regeln gelten für Journalisten?

Abgesehen von Artikel 5 Grundgesetz (S. 86) gibt es eine Reihe von Regeln, die sich Journalisten selbst auferlegen. Das heißt, sie gelten nicht wie Gesetze, werden aber in der Branche so gelehrt und ihre Einhaltung wird als seriös angesehen.

Die beste Orientierung für Regeln im Journalismus in

Deutschland bietet der Pressekodex, der vom Presserat herausgegeben wird. Dieser Rat kontrolliert gleichzeitig die Einhaltung des Pressekodex, nimmt bei Verstößen gegen ihn Beschwerden entgegen, engagiert sich aber auch nach außen für Journalisten, wenn er die Meinungs- oder Pressefreiheit gefährdet sieht.

In der Präambel – also dem Vorwort – des Pressekodex heißt es unter anderem:

»Verleger, Herausgeber und Journalisten müssen sich bei ihrer Arbeit der Verantwortung gegenüber der Öffentlichkeit und ihrer Verpflichtung für das Ansehen der Presse bewusst sein. Sie nehmen ihre publizistische Aufgabe fair, nach bestem Wissen und Gewissen, unbeeinflusst von persönlichen Interessen und sachfremden Beweggründen wahr.«

Der Pressekodex umfasst 16 Ziffern, die wiederum durch Richtlinien ergänzt werden. Er ist demnach zu detailliert, um ihn hier wiederzugeben, aber auf der Seite des Deutschen Presserates kann er kostenlos heruntergeladen werden.

Einige Bereiche, die der Pressekodex regelt beziehungsweise hervorhebt, sind die Wahrung der Menschenwürde; die Sorgfaltspflicht bei Recherche und Veröffentlichung; die Verpflichtung zur Richtigstellung; die Grenzen der Recherche, wenn es um personenbezogene Daten geht; das Berufsgeheimnis, also unter anderem der Schutz von Informanten; die Trennung von Verlag und Redaktion; der Schutz der Persönlichkeit; der Verzicht auf das Schmähen bestimmter Weltanschauungen oder Religionen; das Verbot von sensationeller Berichterstattung und von Diskriminierung; der Jugendschutz; die Unschuldsvermutung; die Medizin-Berichterstattung; die Annahme von Vergünstigungen und die Veröffentlichung von Rügen.[55]

Der letzte Punkt bezieht sich darauf, dass jeder sich beim Presserat über die Presse beschweren kann, wenn er der Meinung ist, dass Journalisten ihre Berufsethik verletzt haben. Sollte der Presserat zu dem Entschluss kommen, dass solch ein Fall tatsächlich vorliegt, kann er eine Rüge, eine Missbilligung oder einen Hinweis aussprechen. Das hat keine rechtlichen Konsequenzen, aber wie die letzte Ziffer des Pressekodex besagt, sind Medien angehalten, diese Rügen des Presserates zu veröffentlichen.[56]

2016 gingen 1851 Beschwerden von Lesern beim Presserat ein. Im Vorjahr waren es noch 2358 Beschwerden. 2016 sprach der Presserat in 33 Fällen eine Rüge aus, im Jahr zuvor waren es 35.[57]

Die im Pressekodex erwähnte Sorgfaltspflicht ist gerade vor dem Hintergrund von Fake News besonders wichtig. Journalisten sind durch sie dazu aufgefordert, eine Nachricht, bevor sie diese veröffentlichen, daraufhin zu überprüfen, ob der Inhalt wahr, korrekt dargestellt und die Quelle vertrauenswürdig ist. Ob es absolute Wahrheit gibt, ist eine schwierige Frage (S. 129), natürlich sollten sich aber alle Journalisten bemühen, Tatsachen so objektiv wie möglich darzustellen.[58] »Sorgfältig vorgehen«, schreibt die Kommunikationswissenschaftlerin Claudia Mast, »heißt vor allem, dass der Journalist sich der Tragweite und des möglichen Schadens einer falschen Berichterstattung bewusst ist«.[59] Berichten Journalisten vorsätzlich oder fahrlässig falsch, können sie wegen Beleidigung, Verleumdung oder übler Nachrede verklagt werden.[60]

Neben dem Pressekodex gibt es viele nationale und internationale ungeschriebene Gesetze oder Faustregeln, auf die man sich geeinigt hat.

Eine dieser Regeln lautet: **»Be first, but first be right«**[61] – was so viel heißt wie »Sei der Erste, aber sei erst einmal sicher, dass du richtigliegst!« Jede Redaktion leistet gute Arbeit, wenn sie eine Neuigkeit als Erste vermelden kann. Aber auf keinen Fall darf sie damit danebenliegen. Der Journalist Georg Mascolo formuliert das so: »Es ist nichts falsch daran, eine Nachricht als Erster zu haben – es ist sogar das Zweitwichtigste in unserem Beruf –, aber das Wichtigste muss sein, dass die Nachricht stimmt.«[62] Das gilt umso mehr für brisante Nachrichten wie Meldungen über Unfälle, Katastrophen, Anschläge oder Todesnachrichten.

Eine andere Faustregel ist das sogenannte **Zwei-Quellen-Prinzip**. Es besagt, dass eine Neuigkeit erst von zwei voneinander unabhängigen Quellen bestätigt sein muss, bevor sie veröffentlicht werden kann.[63] Für diese Regel gibt es nur wenige Ausnahmen, beispielsweise wenn eine Meldung von einer Nachrichtenagentur oder von amtlicher Stelle veröffentlicht wurde. In der Realität ist das oft schwierig, denn meist kursieren gewisse Gerüchte schon über die sozialen Medien, bevor sie offiziell werden. In seltenen Fällen haben Journalisten nur eine Quelle, der sie aber sehr vertrauen. Dann behelfen sie sich damit, genau dies zum Teil der Nachricht zu machen. So war es zum Beispiel, als am 16. Juni 2017 der ehemalige deutsche Bundeskanzler Helmut Kohl starb.[64] Den Tod meldete die *BILD*, deren ehemaliger Chefredakteur Kai Diekmann ein enger Freund des Ehepaars Kohl war. Deshalb konnten die anderen Medien davon ausgehen, dass die Information vom Tod Kohls stimmte. Trotzdem meldeten viele nicht direkt, dass Helmut Kohl gestorben war, sondern dass die *BILD* melde, dass Helmut Kohl gestorben sei. Denn besonders für Todesmeldungen gilt die bereits genannte Regel: Be first, but first be right.

Für Gespräche mit Informanten gibt es Codes der Vertraulichkeit, die international gelten. In Deutschland spricht man **»unter eins«**, **»unter zwei«**, **»unter drei«**, in englischsprachigen Ländern lautet der Code **»off the record«** oder **»on the record«**. Vereinbaren zwei Gesprächspartner vor ihrem Gespräch, dass sie »unter eins« sprechen, darf der Journalist seinen Gesprächspartner wortwörtlich zitieren und auch namentlich nennen. Dieser Fall ist in der Regel so klar, dass diese Formulierung selten genutzt wird. Häufiger kommt ein Gespräch »unter zwei« vor. In diesem Fall darf der Journalist zwar wiedergeben, was sein Gesprächspartner gesagt hat, aber nicht wörtlich, und auch den Namen des Informanten nicht nennen. In dem Bericht heißt es dann zum Beispiel: »Aus Regierungskreisen hört man, dass ...« Informationen, die in einem Gespräch »unter drei« geteilt werden, dürfen überhaupt nicht veröffentlicht werden. Der Journalist kann aber den Hinweisen weiter nachgehen oder sie indirekt in seine Arbeit einfließen lassen.

Die internationalen Codes stellen nur die beiden Extreme zur Auswahl: Ein Gespräch »on the record« (zu Deutsch: »auf der Aufzeichnung«, also aufgenommen) ist offiziell und darf wörtlich zitiert werden, eine Aussage »off the record« (zu Deutsch: »nicht auf der Aufzeichnung«, also nicht aufgenommen) ist vertraulich und inoffiziell, sie dient der Hintergrundinformation. Verletzt ein Journalist die getroffene Vereinbarung und zitiert beispielsweise aus einem Hintergrundgespräch, so wird ihm niemand so leicht wieder vertrauen. Auch den Ruf seiner Redaktion schädigt er damit, weil er das Berufsethos verletzt hat.

Eine weitere Regel gilt dem Einfluss von Journalisten. Der in Deutschland hoch angesehene Journalist Hanns Joachim Friedrichs, der in den 1980er-Jahren die Tagesthemen in der ARD moderierte, sagte in einem Interview mit dem *SPIEGEL* einmal einen Satz, der noch heute für viele Journalisten in Deutschland gilt: »Das hab' ich in meinen fünf Jahren bei der BBC in London gelernt: Distanz halten, **sich nicht gemein machen mit einer Sache, auch nicht mit einer guten** [...].«[65]

Damit unterscheidet er – in britischer Tradition – den Journalisten vom Aktivisten. Medien sollten unparteiisch und unabhängig informieren.[66] Sie können natürlich in

Kommentaren bestimmte Meinungen präsentieren, die sie gut argumentativ darlegen, aber sie sollten nicht tendenziös berichten, auch nicht, wenn sie damit einem guten Zweck dienen oder zu dienen meinen.

Viele, aber nicht alle Journalisten in Deutschland, sehen das heute ebenso. Man denke etwa an die *BILD* mit ihrer bereits erwähnten Aktion »Refugees Welcome«. Für viele andere Redaktionen wäre das nicht infrage gekommen. Ihre Sorge wäre, dass die Leser, Zuhörer oder Zuschauer ihrer Berichterstattung in Flüchtlingsfragen dann nicht mehr vertrauen, weil sie davon ausgehen müssen, dass die Redaktion möglicherweise eine parteiische Sichtweise präsentiert. In einer Dokumentation über das Jahr 2016 wurde Kai Diekmann, der damals Herausgeber der *BILD* war, darauf angesprochen, ob Journalisten nicht besser berichten sollten statt zu kämpfen. Darauf sagte er: »Es gibt ja den Satz von Hanns Joachim Friedrichsen [Anm. d. Verf.: gemeint ist Hanns Joachim Friedrichs]: ›Ein Journalist macht sich mit keiner guten Sache gemein.‹ Diesen Satz habe ich schon immer für falsch gehalten.«[67]

Der Chefredakteur der *ZEIT*, Giovanni di Lorenzo, hat sich hingegen Friedrichs sinngemäß angeschlossen, als er sagte: »Es ist meine dringende Empfehlung, auch an alle Kollegen in unserem Haus: Journalisten dürfen nicht befangene Akteure sein, die Kampagnen organisieren, statt kritische Begleiter zu sein.«[68]

Findet ein Journalist oder eine Redaktion etwas über eine Person, ein Unternehmen oder eine Institution heraus, was bisher noch nicht bekannt war, so müssen sie diese vor der Veröffentlichung darüber informieren und sie auffordern, dazu Stellung zu nehmen. Das nennen Journalisten **Konfrontation**.[69] Häufig sind sie in solchen Fällen schon lange an einer Geschichte dran und machen diesen letzten Schritt erst kurz vor der Veröffentlichung. Sie konfrontieren so spät, damit die Betroffenen ihnen die Recherche nicht erschweren können, indem sie beispielsweise Hinweise vernichten oder auf mögliche Informanten Druck ausüben können. Trotzdem gebietet die Fairness, Angegriffenen zu ermöglichen, ihre eigene Sicht der Dinge darzustellen.[70] In vielen Berichten kann man also hören, was diese dazu sagen. Häufig heißt es aber auch, das Unternehmen oder die Person »war zu keiner Stellungnahme bereit«. Das zeigt, dass die Journalisten der Person oder Firma die Gelegenheit gegeben haben, ihre Version der Geschichte zu erzählen, diese aber darauf verzichtet hat.

Betroffene können nach einer Veröffentlichung einer Tatsachenbehauptung eine **Gegendarstellung** verlangen. Das gilt allerdings nicht für Meinungsaussagen. Der Medienrechtler Axel Wössner erklärt das so: »Wenn also z.B. ein Journalist in seinem Bericht behauptet, dass die Moderatorin einer Hörfunksendung als 26-[J]ährige ziemlich alt wirke, könnte die Betroffene in einer Gegendarstellung ihr Alter nach oben oder unten korrigieren. Gegen das Werturteil ›alt‹ könnte sie aber im Wege der Gegendarstellung nicht vorgehen. In einer Gegendarstellung hat also der von einer Berichterstattung Betroffene einen Anspruch darauf, dass er selbst zu Wort kommt und die Sache aus seiner Sicht darstellen darf, so weit er sich dabei auf eine Tatsachenbehauptung im Beitrag des Journalisten bezieht. Ob die Behauptung des Betroffenen der Wahrheit entspricht, ist dabei unerheblich.«[71]

Natürlich gibt es noch weitere, auch sehr viel detailliertere Regeln, die im Journalismus gelten. Es ist unmöglich, sie hier alle aufzuzählen, dafür gibt es andere Bücher. Der Einblick in diesem Buch soll lediglich zeigen, dass die meisten Journalisten sehr sorgfältig arbeiten und diese Maßstäbe befolgen. Vielen sind diese ethischen Grundsätze in Fleisch und Blut übergegangen. Sie würden nie ihren Ruf und den des Mediums, für das sie arbeiten, durch einen Verstoß beschmutzen. Ein tadelloser Name ist das Wichtigste für einen Journalisten und eine Redaktion, denn er ist die Grundlage für das Vertrauen, das ihre Leser, Zuschauer oder Zuhörer ihnen entgegenbringen.[72]

Wie sieht die Realität in einer Redaktion aus?

In einer idealen Welt würden sich alle Menschen an die Gesetze halten und immer einen Kompromiss finden. Doch wir leben nicht in einer idealen Welt. Es gibt in vielen Punkten unterschiedliche Ansichten über ein und dieselbe Sache, und wir leben mit Menschen zusammen, die fehlbar sind.

So ist es auch im Journalismus. Die eben beschriebenen Regeln, die Grundsätze des Pressekodex, sind ehrenwert und gut. Doch die Realität sieht manchmal anders aus. Journalisten hangeln sich von Einzelfall zu Einzelfall, müssen verschiedene Regeln und Interessen gegeneinander abwägen und Entscheidungen treffen – und das häufig noch unter Zeitdruck. So verrückt die Weltlage manchmal ist, so hektisch ist oft auch der Journalismus. Vieles, was geschieht, kann man nicht vorhersehen. Und wenn Journalisten sich auf gewisse Fälle doch vorbereiten, wirkt das für Außenstehende oft makaber. Zum Beispiel verfassen sie manchmal schon einen Nachruf – also die Würdigung eines Verstorbenen –, obwohl die betreffende Person noch lebt. Dies ist unter anderem der Fall bei ehemaligen Politikern oder anderen Würdenträgern, die in ein fortgeschrittenes Alter kommen. Viele Redaktionen richten sich aber auch auf andere Großereignisse ein. Was ist, wenn es einen großen Terroranschlag in Deutschland gibt? Wie reagieren wir, wenn durch einen Cyberangriff auch der Redaktion der Strom ausgeht? Solche Besprechungen sind so surreal, dass sie vielen Nicht-Journalisten geschmacklos vorkommen können. Aber sie sind Teil des Jobs.

Wenn es um Neuigkeiten geht, um Aktualität, geht es automatisch auch um Geschwindigkeit. Die Regel »Be first, but first be right« klingt dabei vielen Journalisten in den Ohren. Denn die Zeit ist immer der größte Feind des Journalisten: »Die Recherche ist nicht dann zu Ende, wenn der Journalist alles weiß (dann dauert sie nämlich ewig), sondern wenn alle nahe liegenden Fragen beantwortet und die Zusammenhänge plausibel gemacht werden können«, so hat es das Projektteam Lokaljournalisten auf den Punkt gebracht.[73]

Eine besondere Herausforderung bedeutet in diesem Zusammenhang die Digitalisierung, der Echtzeitjournalismus. Es ist der Stress, live Bericht zu erstatten, wie es zuvor nur das Fernsehen versucht hat. Der Journalist Georg Mascolo ging darauf in einem Interview ein. Er sagte, es gebe eine »ungeheure Beschleunigung unseres Berufes, die wir in den vergangenen Jahren erlebt haben. Das konnte so dauerhaft nicht gut gehen. [...] Ich glaube, dass da eine Überforderung eingetreten ist, und dass das dazu geführt hat, dass wir an vielen Stellen Fehler machen«[74].

Wenn es eine neue Situation gibt, in der noch unklar ist, was eigentlich passiert ist, nennt man das im Journalismus – angelehnt an die Sprache bei Militär und Polizei – eine »Lage« oder sogar »Großlage«. In Redaktionen werden dann häufig die Rollen verteilt, einer kümmert sich zum Beispiel um den Kontakt zur Polizei, einer beobachtet Twitter und Facebook, einer fährt zum Ort des Geschehens, einer ruft Behörden an, die vielleicht schon mehr wissen oder die Lage einschätzen können. Stück für Stück werden dann Erkenntnisse veröffentlicht, immer nach den oben genannten Regeln, also wenn man etwas sicher weiß.

Die Gerichtsreporterin Annette Ramelsberger hat diese Lage für die Leser der *Süddeutschen Zeitung* am Beispiel des Amoklaufs in München 2016 beschrieben: »In diesem Moment muss eine Redaktion entscheiden, was sie berichtet und was nicht. Während eine Zeitungsredaktion zumindest ein paar Stunden zum Nachrecherchieren der Hinweise hat, muss eine Online-Redaktion sofort entscheiden, was sie weitergibt. Innerhalb von Minuten muss dann entschieden werden, ob man den Hinweis auf eine Schießerei [...] auf die Homepage nimmt oder nicht. Die Entscheidung muss fallen zwischen der Warnung, dem möglichen Schutz von Menschenleben und dem weiteren Schüren von Hysterie. Die *SZ* hat sich entschieden, [dar]über [...] zu berichten – wenn auch nicht als feststehende Wahrheit, sondern als Möglichkeit.«[75] Das größte Problem der Journalisten ist in solchen Fällen, dass sie selbst im Ungewissen sind. Sie müssen auf Neuigkeiten und Klärungen von offizieller Stelle warten. Aber der Druck der Leser, die wissen wollen, was passiert, die sich Sorgen machen, belastet die Journalisten natürlich. »Oft bleiben die Informationen dann aber stundenlang sehr widersprüchlich – und das beißt sich mit der Erwartung der Leser, die Gewissheit haben wollen und zwar sofort. [...] Doch die belastbaren Tatsachen schälen sich erst allmählich aus dem Wust an Informationen heraus, die minütlich auf die Redaktion einprasseln. Vieles lässt sich erst nach mehreren Tagen wirklich klären – das ist keine böse Absicht, das heißt nicht, dass die *SZ* etwas verschweigen will, sondern: Sie weiß es einfach nicht. Genauso wenig wie die Ermittler.«[76] Es ist wichtig, dass Menschen, die keine Journalisten sind, wissen, wie es in solchen Situationen in Redaktionen aussieht, welche Mühe Journalisten sich geben, gewissenhaft und trotzdem schnell zu informieren. Nur so können Außenstehende nachvollziehen, dass in diesem Stress, auch wenn sich die Verantwortlichen noch so sehr bemühen, Fehler passieren.

Wer entscheidet, was Journalisten berichten?

Manche Menschen vermuten heutzutage, dass in den Redaktionen landesweit mittlerweile eigentlich die Politik das Sagen hat (S. 43); sie meinen eine Verschwörung zu erkennen. Tatsächlich wurde am Beispiel Christian Wulff deutlich, was passiert, wenn Politiker wirklich einmal versuchen, auf die Berichterstattung Einfluss zu nehmen (S. 21).

Es ist also nicht das Kanzleramt, das entscheidet, was Journalisten berichten. Je nach Medium gibt es unterschiedliche Traditionen, wie solche Entscheidungen gefällt werden; sie sind meist vielfältig und abgestuft.

Im öffentlich-rechtlichen Rundfunk gibt es den Rundfunkrat (ARD) beziehungsweise den Fernsehrat (ZDF), in dem alle gesellschaftlich relevanten Gruppen (also unter anderem beide großen christlichen Konfessionen, die jüdischen Kultusgemeinden, Arbeitnehmer, Arbeitgeber und Parlamentsmitglieder)[77] vertreten sind. Diese Räte kontrollieren, dass die Programmgrundsätze der Sender eingehalten werden. Außerdem wählen und beraten sie den

Intendanten der jeweiligen Sender, der so etwas ist wie der Chefredakteur.[78]

Bei Zeitungen, Zeitschriften und Online-Medien hat der Chefredakteur das letzte Wort. Er steht im Zweifelsfall – so ist es im Impressum jeder Zeitung vermerkt – auch vor Gericht für die Veröffentlichungen seiner Redaktion gerade. Dass ein Chefredakteur aber wirklich ein Machtwort in seiner Redaktion sprechen muss, kommt eher selten vor. Häufig reden die Mitarbeiter schon vorher in Ressorts- oder Redaktionskonferenzen über ihre Themenideen. Sie werden diskutiert, verändert, verworfen oder erhalten Zustimmung. Dann werden sie erst einmal umgesetzt. Sobald ein Text geschrieben ist, wird er von Kollegen gegengelesen und wieder überarbeitet, auch der Ressortleiter guckt noch einmal drauf. Je nach Art und Größe der Redaktion gibt es auch einen Textchef, der den Text liest und kritisiert, ein Lektorat, das auf Rechtschreibung und Zeichensetzung achtet, und eine Dokumentationsabteilung, die alle Fakten einzeln überprüft. Die größte Dokumentationsabteilung in Deutschland – von vielen anderen Redaktionen darum beneidet – hat der *SPIEGEL*. Dort arbeiten 70 Dokumentationsjournalisten.[79] Ihre Hauptaufgabe ist es, in den Texten ihrer Kollegen jedes Wort zu überprüfen, und das tun sie auch. Sie gehen die Texte Wort für Wort durch, checken, ob sie das einzelne Wort, den einzelnen Fakt, belegen können, und wenn dies der Fall ist, machen sie dahinter einen Haken. Wenn dem nicht so ist, sprechen sie mit dem Autor des Textes darüber.

Es gibt also viele Kontrollinstanzen auf dem Weg zur

Veröffentlichung, die so gut wie möglich verhindern sollen, dass eine Unwahrheit – sei es ein Fehler oder eine bewusste Lüge – veröffentlicht wird.

Wer bezahlt Journalisten?

Der zweite Verdacht, der häufig zu Verschwörungstheorien gehört, ist, dass Journalisten oder gar ganze Redaktionen von irgendwem – zum Beispiel Unternehmen – bezahlt werden, damit sie auf die eine oder andere Weise berichten. Auch das stimmt nicht.

Doch womit verdienen Medien ihr Geld? Zunächst einmal mit dem Verkauf ihres Produkts, also zum Beispiel einer Zeitung. Abonnenten sind Verlagen dabei natürlich besonders lieb, weil man langfristig mit ihnen rechnen kann.

Die zweite, sogar meist noch größere Einnahmequelle neben dem Verkaufserlös wird deutlich, sobald man eine Zeitung aufschlägt. Darin finden sich nämlich nicht nur Berichte und Bilder, sondern auch Anzeigen, also Werbung. Um Werbeanzeigen in Zeitungen unterzubringen, zahlen Kunden viel Geld. Traditionell verdienten Verlage zwei Drittel ihres Geldes mit Anzeigen, ein Drittel aus Verkaufserlösen. Weil aber immer mehr Kunden ihre Anzeigen lieber im Internet über Facebook oder Google schalten, sind die Anzeigenerlöse aller Medien in den letzten Jahren zurückgegangen. Die Einnahmen der Printmedien werden mittlerweile fast zur Hälfte von den Lesern und zur anderen Hälfte von den Anzeigen bestritten.[80] Auch Nachrichtenportale im Internet verdienen ihr Geld mit Anzeigen. Diese Internetwerbung ist für Anzeigenkunden besonders attraktiv, denn, anders als bei einer Zeitung, können die Leser im Netz auf die Werbung klicken und landen direkt auf der Seite des Kunden.

Generell gilt für Anzeigen, egal ob online oder gedruckt: Eine große Reichweite steigert den Anzeigenpreis. Höhere Anzeigenpreise ermöglichen bessere Arbeitsbedingungen und damit eine bessere Qualität des Journalismus. Guter Journalismus wiederum zieht mehr Publikum an und erzeugt damit eine höhere Reichweite. Diese Spiralentwicklung gibt es aber leider auch im Abwärtstrend, wenn Anzeigen ausbleiben.[81]

Nun könnte man natürlich sagen: Aha, Journalisten werden also doch von Unternehmen bezahlt! Ja, aber eben nicht für eine bestimmte Berichterstattung. Denn eine Regel gilt in allen seriösen Nachrichtenhäusern – Verlag und Redaktion, also Anzeigenabteilung und Journalisten, sind strikt voneinander getrennt. Wenn Kunden in der Anzeigenabteilung einen Werbeplatz buchen, können sie sich zwar aussuchen, ob der lieber im Politik-, Wirtschafts- oder Kulturteil liegen soll, aber sie erfahren nicht, was für ein Artikel auf der gleichen Seite oder der daneben stehen wird. Ebenso sehen Journalisten in der Produktion zwar, dass neben ihrem Text eine Anzeige erscheinen wird, wissen aber meist nicht, um welche es sich handelt. Erst in den letzten Schritten der Produktion wird beides sichtbar. Es ist also möglich, dass in einer Zeitung auf der einen Seite eine Anzeige für ein Produkt steht und wenige Seiten später das entsprechende Unternehmen etwa für die Arbeitsbedingungen seiner Mitarbeiter scharf kritisiert wird. An solchen Zufällen kann man unabhängigen Journalismus besonders gut erkennen.

Online-Nachrichtenportale haben seit einiger Zeit eine weitere Geldquelle gefunden: Sie lassen sich, genauso wie ihre Printkollegen, von den Lesern für ihre Arbeit vergüten. Indem sie Texte hinter sogenannte Bezahlschranken legen, sorgen sie dafür, dass der Leser einen Beitrag zahlt.

Beim Radio und beim Fernsehen sieht es ganz anders aus. Die ARD und das ZDF finanzieren sich hauptsächlich aus Gebühreneinnahmen. ARD und ZDF wurden ja gegründet, um eine informationelle Grundversorgung der Bürger in Deutschland zu sichern. Um das zu ermöglichen, zahlt jeder Haushalt in Deutschland die GEZ-Gebühr von derzeit 17,50 Euro im Monat.[82]

Abgesehen von diesen Gebühren finanziert sich der öffentlich-rechtliche Rundfunk in geringem Maße aus Werbeeinnahmen. Die sind allerdings streng begrenzt. So darf die ARD zum Beispiel an Werktagen insgesamt nur 20 Minuten Werbung senden, die im Vorabendprogramm bis 20 Uhr ausgestrahlt werden muss, aufgeteilt in drei bis fünf Werbeblöcke.[83]

Private Radio- oder Fernsehsender erhalten keinen Anteil aus den Rundfunkgebühren. Sie verdienen ihr Geld hauptsächlich mit Werbung, weshalb man auf privaten Kanälen viel mehr Werbung sieht. Doch auch sie sind bestimmten Regeln unterworfen; sie dürfen beispielsweise nicht mehr als zwölf Minuten Werbung im Block pro Stunde und diese nur im Abstand von mindestens 20 Minuten senden. Außerdem darf die Werbung insgesamt nicht mehr als ein Fünftel der täglichen Sendezeit betragen.[84]

Was also ist »guter Journalismus«?

»Wenn ein guter Journalist eine Geschichte recherchiert, versucht er, sie so klar und lebhaft wie möglich zu erzählen, vor Augen zu führen, zu erklären und zu analysieren, damit sein Gegenstand auch für ein Publikum zugänglich wird, das sonst nichts darüber erfahren würde«, schreibt Timothy Garton Ash.[85]

Journalismus soll unzensiert sein, vielfältig und vertrauenswürdig.[86] Wichtige Eigenschaften von Journalisten sind Unabhängigkeit und Skepsis, nicht nur anderen, sondern auch sich selbst gegenüber, woraus eine selbstkritische Haltung und Überprüfung entsteht. Journalisten sollten ihre Geschichten detailliert darstellen, mit Ursachen, Folgen und wahren Hintergründen.[87] Dafür ist es hilfreich, wenn sie neugierige Menschen sind.

So sollen sie – das ist die Idealvorstellung – die objektive Wahrheit veröffentlichen. Tatsächlich ist dieser Anspruch aber, so sagt Ash, »riesengroß«, andere sagen: unmöglich. Ash schlägt darum vor, bescheidener zu sein und sich vorzunehmen, »den Tatsachen auf den Grund zu gehen«[88]. »Es ist ein Riesenunterschied, ob man glaubt, dass er oder sie versucht, ›zu sagen, wie es ist‹, und seine oder ihre ›Sache gut zu machen‹, oder ob man es nicht glaubt«, so Ash weiter. »Ich bezeichne diese Eigenschaft als ›Wahrhaftigkeit‹. Der investigative Reporter Nick Davies formuliert es noch einfacher: ›Für Journalisten ist der entscheidende Wert die Redlichkeit: der Versuch, die Wahrheit zu sagen. Das ist unsere primäre Aufgabe.‹« Diese Redlichkeit merken Zuschauer und Leser den Journalisten idealerweise an. Sie schafft eine Verbundenheit zwischen dem Publikum auf der einen und der Redaktion auf der anderen Seite. Um Glaubwürdigkeit zu bewahren, ist es wichtig, dass Journalisten dieses Vertrauen nicht durch Unredlichkeit verletzen. »Der *SPIEGEL* ringt täglich um Wahrhaftigkeit und Fairness«[89], fasste es Verteidigungsministerin Ursula von der Leyen am Beispiel des Hamburger Nachrichtenmagazins zusammen.

»Überall nur Krieg, Elend, Verfolgung und Streit«, mag der Eindruck mancher beim Blick in die Nachrichten sein. In einer Ausgabe des *heute-journals* sprach Moderator Claus Kleber aus, was viele Menschen sich fragen: »Wo bleibt das Positive?«[90] Im Anschluss an die Frage verkündete er tatsächlich eine positive Meldung, dass sich nämlich Regierung und Rebellen in Kolumbien friedlich geeinigt hatten.

Doch seine Bemerkung geht darüber hinaus. Sie zeigt, dass Journalisten, wenn sie sich auf das Ungewöhnliche, das Unerwartete, das Überraschende konzentrieren, häufig vor allem über das Negative berichten. Meist geht es eben nur um die Frage, ob der Hund den Mann oder der Mann den Hund beißt, zu selten darum, ob beide sich verstehen. Was gut läuft, fällt leicht unter den Tisch. Das ist ein Problem.

Seit einiger Zeit kursiert darum die Idee eines »konstruktiven Journalismus«. Noch wird der Begriff unterschiedlich ausgelegt. Heribert Prantl schreibt zwar, er könne mit dem Begriff nicht viel anfangen[91], empfiehlt aber, Skandale nicht nur aufzudecken, sondern auch die darauffolgende Krise zu »moderieren«, also zu begleiten, wie die beschriebenen Missstände abgeschafft werden.[92] Anderen geht das noch nicht weit genug. Sie meinen, konstruktiver Journalismus solle selbst Lösungen aufzeigen oder zumindest Lösungsmöglichkeiten debattieren.

In Deutschland gibt es einige Projekte, die in dieser Richtung experimentieren. Unter anderem das Crowdfunding-Projekt »Perspective Daily«, das über sich selbst sagt: »Uns reicht es nicht, nur über Probleme zu berichten, sondern wir fragen täglich: Wie können wir helfen, es besser zu machen?«[93] Oder das Projekt »NDR Info Perspektiven« vom Sender NDR Info, dessen Ziel ist, über Menschen zu berichten, die »nicht resignieren vor Problemen. Menschen, die Ideen haben, die wiederum andere Menschen inspirieren können«[94].

Es ist ein Trend, der zurzeit noch in der Entwicklung ist. Eine Frage ist, wie man der Forderung Hanns Joachim Friedrichs (S. 114) dabei gerecht werden kann – beziehungsweise ob man das überhaupt will.

KAPITEL DREI

Aufklärung vs. Fake News: Wissen ist Macht

Lügenpresse, Fake News, alternative Fakten – warum ist es eigentlich nötig, sich mit diesen Begriffen auseinanderzusetzen? Kann nicht jeder glauben, was er für richtig hält?

Natürlich kann das jeder, genauso ist es ja in Artikel 5 Grundgesetz festgehalten. Doch warum heißt es dann immer wieder, dass der Vorwurf »Lügenpresse«, der Vorwurf »Fake News« und die tatsächlichen Fake News der Demokratie schaden?

Mike McCurry, der unter US-Präsident Bill Clinton Regierungssprecher war, hat über das Thema Fake News gesprochen, der *SPIEGEL* berichtet von diesem Gespräch Folgendes: »Der Präsident der Vereinigten Staaten, sagt McCurry, habe durch sein Amt die lauteste Stimme der Welt, niemand bekomme mehr Aufmerksamkeit. Wenn diese Stimme andauernd Unwahrheiten verbreite, sei das ein Angriff auf die Wahrheit.«[1]

Ist also durch Fake News die Wahrheit an sich in Gefahr?

Gibt es mehrere Wahrheiten?

Es gibt viele Fragen und noch mehr mögliche Antworten zum Thema Wahrheit. Wer sich für ihr Wesen interessiert, kann etliche kluge philosophische Bücher über sie lesen. In diesem Buch kann die Wahrheit nur unter einem Aspekt Thema sein, nämlich welche Rolle sie im Zusammenhang mit Fake News derzeit in der Öffentlichkeit spielt.

Schon immer war es Tradition verschiedener Medien, Meinungen und vor allem unterschiedliche Meinungen zu präsentieren. In Kommentaren oder Leitartikeln vertreten Journalisten in der Regel einseitig eine bestimmte Auffassung; sie stellen eine These auf und führen Argumente für diese an. Hier geht es nicht um reine Information; diese Beiträge sind Teil der freiheitlichen Streit- und Debattenkultur einer Gesellschaft. Manchmal gibt es auch Pro- und Contra-Stücke zu einem Thema, sodass jeder Konsument selbst sehen kann, wo er sich mit seiner Meinung am besten aufgehoben fühlt.

Abgesehen von diesen und anderen meinungsorientierten journalistischen Darstellungsformen, wie etwa der Kolumne, der Glosse, der Kritik oder dem Essay[2], ist es mit der »wahren« Berichterstattung so eine Sache. Der Publizist Norbert Schneider betont, dass »[n]ach unserer Verfassung […] das Ziel von Publizistik nicht Wahrheit, sondern Freiheit«[3] ist. Diese Freiheit strengt an und überfordert den einen oder anderen auch.

Natürlich sollten Journalisten versuchen, objektiv zu sein, also wahrhaftig zu berichten. Doch absolute Objektivität gibt es nicht. Immer färben wir – egal ob Journalist oder nicht – das, was wir erzählen, durch unsere subjektiven Eindrücke. Wir beobachten die Dinge unterschiedlich, je nachdem, welche Erfahrungen wir in unserem Leben schon gemacht haben. Darum haben Journalisten viele Regeln entwickelt, um Berichterstattung so weit wie möglich zu objektivieren (S. 109). Und es gibt Fakten, die dabei helfen: Ob bei einem Unfall fünf oder sechs Menschen umgekommen sind, ist keine Frage der Sichtweise oder persönlichen Meinung – das sind Tatsachen, die sich klar benennen lassen.

So konnte man zumindest denken, bis die Begriffe »postfaktisches Zeitalter« und »alternative Fakten« aufkamen. Selbstverständlich müssen Fakten korrigiert werden, wenn sie falsch oder neue Erkenntnisse aufgetaucht sind. Aber inzwischen haben wir es mit Menschen zu tun, die Fakten nicht trauen oder sogar leugnen. Wer wie Kellyanne Conway in dem berühmt gewordenen Zitat von »alternativen Fakten« spricht, meint eigentlich gar keine Fakten. Er will einfach nur das Bild einer anderen Wirklichkeit zeichnen, ohne dass es für diese Beweise gibt. Dadurch wird es erheblich schwieriger, Informationen zu vermitteln oder sich einfach nur zu unterhalten. »Die Herausforderung [...] besteht darin, eine Kommunikation zu führen, in der nicht alle Beteiligten die Leitlinien der Rationalität und Faktizität anerkennen und auch nicht unbedingt respektvoll miteinander umgehen wollen«, fasst Irene Neverla das Problem zusammen.[4] Es geht also darum, mit Menschen zu sprechen, die weder die Regeln der Vernunft noch Fakten in einem Argument anerkennen.

Wer »alternative Fakten« anführt, dem geht es darum, die übereinstimmende Vorstellung der Menschen darüber anzugreifen, was wahr ist und was nicht.[5]

Ziel der Gerassimow-Doktrin ist, zu destabilisieren (S. 76). Die gleiche Wirkung werden auch die Unwahrheiten der Trump-Regierung auf Dauer haben. »Trump verursacht [...] in der amerikanischen Politik vor allem Chaos«, sagt die Sicherheitsberaterin Laura Galante.[6] »Trump versucht, uns Journalisten verrückt zu machen, auf dass wir eines Tages wirklich verrückt werden und er zu seinen Anhängern sagen kann: Ich habe euch doch gesagt, dass die verrückt sind«, prophezeit Thomas L. Friedman, der Kolumnist bei der *New York Times* ist.[7]

Der französische Historiker Patrick Boucheron hat die Strategie von Politikern wie Donald Trump analysiert. Er bezeichnet sie als »politische Clowns«: »Nichts ist dem peinlich, der selbst schon die größte Peinlichkeit verkörpert. Es hat keinen Sinn mehr, eine Lüge zu benennen, wenn sie selbst schon als solche geäußert wird.«[8]

Nützt es also nichts, solchen Leuten zu widersprechen, wenn sie die Unwahrheit sagen? Und: Handelt es sich bei all ihren fragwürdigen Aussagen wirklich um Lügen? Lügen die Anhänger der Gerassimow-Doktrin? Lügen Fake News? Und wäre die Lüge überhaupt der gefährlichste Feind der Wahrheit?

Von Wahrheit, Lüge – und Bullshit

Wahrheit zu definieren ist, wie bereits beschrieben, nicht ganz einfach. Schon im achten Gebot der Bibel heißt es nicht etwa »Du sollst die Wahrheit sagen«, sondern »Du sollst nicht falsch Zeugnis reden wider deinen Nächsten«[9] – was heißt, man soll über niemanden etwas sagen, das nicht stimmt. Von Lüge ist da nicht die Rede, denn sie ist nur der Extrempunkt auf der gegensätzlichen Seite der Wahrheit. Dazwischen gibt es eine große Grauzone.

In dieser Grauzone liegt eine weitere wichtige Kategorie der Aussage: der Bullshit. Man könnte auf Deutsch auch »Blödsinn« oder »Humbug« sagen, aber das klingt etwas harmlos. Der englische Begriff Bullshit trifft die Heftigkeit der Behauptungen, die in diese Kategorie fallen, am besten. Analysiert hat dies der US-amerikanische Philosoph und Professor Harry G. Frankfurt. Er verweist auf eine Redewendung, die dem Erkennen von Bullshit schon ziemlich nahe ist: Von jemandem komme nur viel »heiße Luft«, sagt man. »In bezug auf den Informationsgehalt macht es keinen Unterschied, ob er etwas sagt oder einfach nur ausatmet.«[10]

Was so schön bildlich klingt, erklärt Frankfurt in seinem Essay »Bullshit«. Auf der einen Seite seien jene, die sich wahrhaftig bemühten, die Wahrheit wiederzugeben. Auf der anderen die Lügner, die gewissen Zwängen unterworfen seien: »Wer eine […] erfolgreiche Lüge erfinden will, muß seine wahrheitswidrige Behauptung im Hinblick auf diese Wahrheit konstruieren«, schreibt Frankfurt.[11] Er müsse also versuchen, das Falsche wie das Wahre aussehen zu lassen. Er erkenne an, dass es Fakten, Tatsachen gebe und dass sie eine Wirkungsmacht haben, der man gerecht werden müsse. Um zu lügen, müsse er diese Fakten und Tatsachen also verschleiern oder imitieren.[12] »Die Lüge«, so erkannte auch die politische Philosophin Hannah Arendt, ist eine »bewusste Leugnung der Tatsachen.«[13] Das ist anstrengend. Eine Lüge muss sorgfältig mit einem genauen Blick fürs Detail konstruiert werden, und es braucht Disziplin, um sie aufrechtzuerhalten.

Zusammengefasst sagt Frankfurt zur Lüge: »Wer lügt, reagiert auf die Wahrheit und zollt ihr zumindest in diesem Umfang Respekt.«[14] Denn er versucht, die Wahrheit zu imitieren; er weiß, dass die Wahrheit ein höheres Gut ist und dass ihr eher geglaubt wird.

Doch all diese Beschreibungen passen nicht zu Menschen, die von »alternativen Fakten« oder einem »postfaktischen Zeitalter« sprechen oder wahrhaftig um objektive Darstellung bemühte Artikel als »Fake News« verurteilen. Sie produzieren Bullshit. Denn Bullshitter liegen mit ihren Aussagen irgendwo in der Grauzone auf dem Weg zur Lüge. Sie reden einfach drauflos, kümmern sich nicht um Fakten, sondern sagen heute dies und morgen das. So definiert es Frankfurt: »Der Bullshitter ist außen vor: Er steht weder auf der Seite des Wahren noch auf der des Falschen. Anders als der aufrichtige Mensch und als der Lügner achtet er auf die Tatsachen nur insoweit, als sie für seinen Wunsch, mit seinen Behauptungen durchzukommen, von Belang sein mögen. Es ist ihm gleichgültig, ob seine Behauptungen die Realität korrekt beschreiben. Er wählt sie einfach so aus oder legt sie sich so zurecht, daß sie seiner Zielsetzung entsprechen.«[15] Vor allem über diesen Punkt definiert Frankfurt den Bullshit: »Gerade in dieser fehlenden Verbindung zur Wahrheit – in dieser Gleichgültigkeit gegenüber der Frage, wie die Dinge wirklich sind – liegt meines Erachtens das Wesen des Bullshits.«[16]

Wer sich aber auf diese Weise selbst davon befreit habe, den Tatsachen und Fakten treu sein zu wollen, der könne dazu übergehen, vor allem sich selbst treu zu sein. Es brauche Kreativität, aber insgesamt sei der Bullshitter viel freier in der Gestaltung seiner Aussagen. Er müsse nicht so durchdacht und analytisch agieren wie der Lügner, er habe Platz für Improvisation und jede Menge Fantasie.[17]

Wenn man sich all diese Überlegungen von Frankfurt durch den Kopf gehen lässt, ist es schwer, nicht an Donald Trump und andere, ähnlich auftretende Personen zu denken. Es fällt auch schwer, nicht an die bereits beschriebenen Beispiele von Fake News zu denken, die Fakten und Tatsachen nur dann nutzen, wenn es in ihrem Interesse ist. Wichtig ist darum das Fazit des Essays von Frankfurt, der schreibt: »Der Bullshitter [...] weist die Autorität der Wahrheit nicht ab und widersetzt sich ihr nicht, wie es der Lügner tut. Er beachtet sie einfach gar nicht. Aus diesem Grunde ist Bullshit ein größerer Feind der Wahrheit als die Lüge.«[18] Und weil der Bullshit von der eigenen Meinung getrieben ist, passt zu Frankfurts Analysen auch gut der Hinweis des ehemaligen Bundespräsidenten Joachim Gauck auf die Erkenntnis Friedrich Nietzsches, »dass die Lüge nicht der gefährlichste Feind der Wahrheit ist, sondern die Überzeugung«[19].

Seinen Essay über Bullshit veröffentlichte Harry G. Frankfurt bereits 1986. Das zeigt, dass das Problem des Bullshits kein neues ist. Dennoch ist es wohl noch nie so politisch gewesen wie heute. In einer Gesellschaft, die so sehr zu Gerüchten, Tratsch und Klatsch, aber auch Skandalisierung neigt wie die westliche derzeit, sind die Voraussetzungen für Fake News, Manipulationen und Propaganda besonders gut.[20] Die Menschen tolerieren Bullshit eher, weil sie ihn nicht so sehr als persönliche Beleidigung empfinden wie die Lüge.[21]

Doch wie in der Theorie von Frankfurt und in der Praxis anhand von Fake News bereits zu erkennen war, sind der Bullshit und die Unwahrheit gefährlich und können sogar die Demokratie gefährden. Die ehemalige Piraten-Politikerin Marina Weisband, die Psychologin ist und heute ein Projekt für politische Bildung leitet, hat darum kurz nach der Amtseinführung Donald Trumps dringend davor gewarnt, Lügen und Bullshit zu dulden. Auch sie erinnert in diesem Zusammenhang an die Desinformations-Kampagnen der Sowjetunion: »Damals sprach man im Fernsehen von Rekordproduktion in der Landwirtschaft, während die Bevölkerung in den Läden vor leeren Regalen stand.« Sie schreibt, hinter den sowjetischen Lügen jener Zeit und den

Lügen der Trump-Regierung heute stecke ein System: »Der Mensch neigt dazu, neue Informationen mit dem eigenen Wissen abzugleichen. Stimmen sie mit dem überein, was man bereits weiß, bestärken sie das eigene Wissen. Widersprechen sie sich, entsteht eine kognitive Dissonanz [Anm. d. Verf.: etwa Unstimmigkeit in der Wahrnehmung]. Das ist ein unangenehmer Zustand, den Menschen zu vermeiden versuchen, indem sie ihr eigenes Wissen den neuen Fakten anpassen. So lernen wir.«[22] Aber, so erklärt sie weiter, kognitive Dissonanz auszuhalten koste viel Kraft. Das erkenne man auch an der Überforderung und Verwirrung, die durch die ständig verfügbaren Informationen im Netz, also durch die Digitalisierung entstanden seien. Diese Überforderung sei Teil der Trumpschen Taktik: »Wenn ich Ihnen sage: ›Der Himmel ist grün‹, dann ist es gar nicht so sehr mein Ziel, dass Sie mir auf Anhieb glauben. Mein Ziel ist vielmehr, so häufig zu behaupten, der Himmel sei grün, bis Ihre Ressourcen, den Widerspruch auszuhalten, erschöpft sind und Sie einlenken und sagen: ›Das ist Ihre Meinung. Ich denke, der Himmel ist blau. Es gibt wohl keine Möglichkeit, die Farbe des Himmels objektiv festzustellen.‹«[23]

Wenn es zu diesem Punkt in einer Diskussion kommt, war die Strategie der Desinformation erfolgreich. Wenn Tatsachen, über die man sich eigentlich einig war, wieder zur Diskussion gestellt werden, haben jene, die Verwirrung stiften wollen, ihr Ziel erreicht. Das passt auch zu Frankfurts Aussage, dass Bullshitter häufig behaupten, man könne letztlich gar nicht wissen, wie die Dinge wirklich sind.[24] »Wir streiten über Dinge, die eigentlich offensichtlich sind. Mit ständigem Widerspruch konfrontiert, resignieren wir erschöpft – und offensichtlich Falsches schleicht sich zunächst in den Bereich des Denkbaren und dann in den Bereich des Faktischen.«[25] Solange es dabei nur um die Frage geht, wie viele Menschen tatsächlich bei der Amtseinführung von Donald Trump anwesend waren, mag man darüber vielleicht noch schmunzeln. Aber, so führt Weisband an, »ist dieser Mechanismus erstmal etabliert, fällt es leicht, auch bei relevanteren Themen zu lügen. Zum Beispiel: ›Alle Muslime sind kriminell.‹« Dieses zerstörerische Gift für die Diskussionskultur wirkt nach und nach, bis Menschen irgendwann alle Informationen für gleich zweifelhaft halten, egal von welcher Quelle sie kommen. Auch Frankfurt sagt, dass so die normale Wahrnehmung der Realität ernsthaft gestört werden oder sogar ganz verloren gehen könnte.[26] Das würde das Ende der politischen Meinungsbildung und Debattenkultur bedeuten – und damit auch das Ende der nachrichtlichen Kultur.[27] »Steter Tropfen höhlt den Schädel«, so fasst es Weisband provokativ zusammen.

Dabei kann jeder – schon dank seiner Fähigkeit, Dinge selbst wahrzunehmen – diese Desinformationen, ob es Lügen sind oder Bullshit, durchschauen.[28]

Informationen – eine Sache der Aufklärung

An diesem Punkt der Analyse von Fake News angekommen wird deutlich, dass wir es mit einer gesellschaftlichen Auseinandersetzung zu tun haben. Einer Auseinandersetzung um Werte, die lange Zeit schon als selbstverständlich galten. Letztendlich geht es um die Frage, wie viel die Vernunft in unserer Gesellschaft noch wert ist. Marina Weisband verweist darauf, dass jeder Mensch zunächst einmal die Möglichkeit hat, seine eigene Wahrnehmung, also seine fünf Sinne zu nutzen. »Sie sinnvoll einzusetzen, lehrte die Aufklärung«, so Weisband. Es geht also darum, sich gegen Fake News und Lügen, Propaganda und Bullshit zu rüsten. Aber wie?

»Wissen ist Macht« – an diese alte Formel der Aufklärung erinnert der Philosoph, Professor und Autor Peter Bieri in seinem Aufsatz »Wie wäre es, gebildet zu sein?«. Der Gebildete, so Bieri, weiß sich in der Welt zu orientieren. Wissen verhindere, »dass man Opfer ist. Wer in der Welt Bescheid weiß, kann weniger leicht hinters Licht geführt werden und kann sich wehren, wenn andere ihn zum Spielball ihrer Interessen machen wollen, in Politik oder Werbung etwa«, so schreibt Bieri.[29] Ziel sei es, »gedankliche Unbestechlichkeit« zu erreichen. Doch wie kommt man dahin?

Vor allem sollte man sich viele Fragen stellen. Bieri schlägt beispielsweise diese vor: »Was für Belege habe ich für meine Überzeugungen? Sind sie verlässlich? Und belegen sie wirklich, was sie zu belegen scheinen?«[30] Und auch wenn es um die Aussagen anderer Menschen geht, helfen Fragen dabei, rhetorische Fassaden von richtigen Gedanken zu unterscheiden, wie Bieri schreibt. »Was genau heißt das?« und »Woher wissen wir, dass es so ist?« sind die beiden

Fragen, die Bieri empfiehlt. »Das immer wieder zu fragen, macht resistent gegenüber rhetorischem Drill, Gehirnwäsche und Sektenzugehörigkeit«, so Bieri. Das Gleiche gilt auch für Fake News.

Dabei geht es nicht nur darum, dass jeder sich selbst davor schützt, Opfer zu werden. Es ist auch im Interesse der Gesellschaft, dass in ihr aufgeklärte Bürger leben. »Habe Mut, dich deines eigenen Verstandes zu bedienen«[31], ist die zweite berühmte Formel der Aufklärung, die von dem großen Philosophen Immanuel Kant stammt und als eine Art Aufruf an jeden Einzelnen zu verstehen ist.

Die Aufklärung ist eine Entwicklung, die sich über Jahrhunderte zog; viele Menschen haben für sie gekämpft, einige haben sogar ihr Leben für sie gelassen. Es hat also gedauert, bis wir den aufgeklärten gesellschaftlichen Zustand erreicht haben, in dem wir heute leben. Doch gerade an den Herausforderungen durch Fake News wird deutlich, dass wir jeden Tag aufs Neue um die Aufklärung ringen müssen. Sie ist keine Selbstverständlichkeit, die sich, einmal erworben, ohne weiteres Zutun auf ewig hält. Die Aufklärung »ist nicht einmal vom Himmel gefallen und dann für immer da; in den USA nicht, in Frankreich nicht, in Deutschland auch nicht«, mahnt der *SZ*-Journalist Heribert Prantl.[32] Die aktuelle Lage zwingt die Gesellschaft, um diese Werte der Aufklärung zu kämpfen.[33]

Wie aber kann man Unwahrheiten wirksam bekämpfen? Es gibt ein berühmtes Experiment: Sagt man einer Gruppe von Menschen, sie solle bloß nicht an einen weißen Bären denken, denken diese Menschen fast genauso oft an einen weißen Bären wie Menschen einer Gruppe, denen man sagt, sie sollten an einen weißen Bären denken.[34] Wir können unsere Gedanken eben nur eingeschränkt steuern. Ähnlich ist es auch mit den Informationen aus Fake News: Wir behalten den Inhalt ungefähr im Kopf, die Tatsache, dass dieser unwahr ist, verschwimmt aber schnell. Der Wissenschaftsjournalist Sebastian Herrmann hat sich mit dieser Frage ausführlich auseinandergesetzt: »Zurück bleibt ein diffuses Gefühl, etwas schon mal gehört oder gelesen zu haben«, erklärt Herrmann. »[F]ühlt sich eine Aussage aber vertraut an, erzeugt allein das eine Illusion von Wahrheit.«[35] Wenn man Menschen sage, eine bestimmte Geschichte stimme so nicht, hinterlasse das eine Lücke in ihrem Kopf und diese Lücke müsse mit anderen, neuen Informationen gefüllt werden, damit nicht die Lüge in Erinnerung bleibe. Es gehe nicht nur darum, Fake News als Lüge zu enttarnen, sondern auch darum, ein »neues Narrativ« dazu zu liefern, also die Lügengeschichte mit einer anderen Geschichte zu überschreiben. Das könne zum Beispiel eine Beschreibung der Hintergründe, Urheber und Motive für diese Fake News sein. Man dürfe aber auch kreativer werden. Als gutes Beispiel dafür führt Herrmann die Reaktionen auf einen Tweet Donald Trumps an, in dem dieser andeutete, dass in der Nacht zuvor in Schweden etwas Fürchterliches passiert sei. Der Hashtag #lastnightinsweden[36] wurde kurz darauf viral: »Die Schweden wiesen diese Lüge nicht zurück, sondern fluteten das Internet mit Geschichten darüber, was an besagtem Tag tatsächlich passiert war: Die Polizei habe in Stockholm einen alkoholisierten Autofahrer verfolgt; ein 87-jähriger Singer-Songwriter namens Owe Thörnqvist habe mit technischen Problemen auf der Bühne bei einem großen Musikfestival zu kämpfen gehabt; in Lappland hätten die Behörden eine Straße wegen Lawinengefahr gesperrt und so weiter.«[37] Dabei haben die Schweden Trumps Aussage so wenig wie möglich wiederholt. Und die User hatten nur noch die banalen, alltäglichen Szenen im Kopf, die unter #lastnightinsweden gepostet worden waren. Dieser Eindruck überschrieb somit den, den Donald Trump verursacht hatte, dass nämlich in Schweden »etwas Fürchterliches« passiert sei. »Lügen sind nicht aus der Welt zu schaffen«, schließt Sebastian Herrmann, »es geht daher darum, den Lügnern das Publikum auszuspannen.«[38]

KAPITEL VIER

Der Kampf gegen Fake News

Die Wahrheit muss so gut wie möglich verteidigt werden, das ist mittlerweile klar. Aber auch Vertrauen in die Wahrheit und darin, dass so etwas wie eine wahrhaftige Berichterstattung möglich ist, muss wieder gestärkt und bei manchen Menschen sogar ganz neu aufgebaut werden.

Seit deutlich geworden ist, welche Gefahr Fake News darstellen und welches Machtpotenzial sie haben, seit also denen, die nicht an Fake News glauben, bewusst ist, dass um die Aufklärung tagtäglich gekämpft werden muss, wurden in der Politik, in Redaktionen und im Silicon Valley Überlegungen angestellt, wie Fake News eingedämmt werden könnten. Die besondere Herausforderung besteht darin zu erkennen, wann eine Information eindeutig falsch ist – denn das ist gar nicht so einfach, wie es klingt. Gerade, wenn der Grat zwischen Meinungsäußerung und Fake News besonders schmal ist.[1]

Was die Politik tut

Weil Terrorpropaganda, Mordaufrufe, Aufnahmen von Tierquälerei und antisemitische Hetze auch über soziale Medien wie Facebook und Twitter verbreitet werden, ist klar, dass dort etwas passieren muss. Immerhin nutzen an einem ganz normalen Tag rund 1,3 Milliarden Menschen aus aller Welt Facebook, in Deutschland allein hat es 30 Millionen aktive Nutzer.[2] Lange Zeit wurde Facebook als reines Kommunikationsmittel gesehen und mit Telefonanbietern verglichen. Diese müssten ja auch nicht dafür haften, was Menschen am Telefon möglicherweise Illegales miteinander besprechen, lautete dann die Begründung dafür, nicht in den Austausch der Nutzer eingreifen zu wollen.[3] Diese Sicht hat sich geändert.

Es geht also um die Frage, wie die Politik verhindern kann, dass strafbare Beiträge im Netz veröffentlicht werden, wo sie sich häufig sehr schnell bis viral verbreiten. Sie müssen effektiv bekämpft und entfernt werden – und das nach Kriterien, die auf deutschen Gesetzen basieren, und nicht etwa nach den Standards, die Facebook sich selbst gesetzt hat.

Als deutscher Bundesjustizminister hat Heiko Maas (SPD) mehrfach versucht, mit Vertretern von Facebook, Google und Twitter Lösungen zu erarbeiten, sie zu Selbstverpflichtungen zu animieren. Doch diese Bemühungen hatten nur begrenzten Erfolg. So kam beispielsweise www.jugendschutz.net, eine Einrichtung von Bund und Ländern für Jugendschutz im Internet, zu dem Ergebnis, dass YouTube zwar 90 % der gemeldeten und als strafbar eingestuften Videos löscht, Facebook aber nur 39 % und Twitter gerade mal ein Prozent.[4] »Facebook macht immer nur das Allernötigste«, brachte es der IT-Rechtler Chan-jo Jun, der schon viel mit dem Konzern zu tun hatte, auf den Punkt.[5]

Weil die selbstverpflichtende Strategie also nicht die gewünschten Konsequenzen gegen strafbare Inhalte und Hate Speech (»Hassreden«) erzielt hat, entwickelte Justizminister Maas das sogenannte Netzwerkdurchsetzungsgesetz (NetzDG), das von Bundestag und Bundesrat im Sommer 2017 verabschiedet wurde. Dieses Gesetz verpflichtet große Internetunternehmen wie Facebook, Google und Co., von Nutzern gemeldete Beiträge mit »offensichtlich rechtswidrigem Inhalt« innerhalb von 24 Stunden zu löschen. Bei Beiträgen, die nicht ganz so schnell erkennbar rechtswidrig sind, haben die Unternehmen eine Woche Zeit, können sich aber auch an eine unabhängige Schiedsstelle wenden, die unter staatlicher Aufsicht steht. Diese Schiedsstelle ist allerdings bisher weder eingerichtet noch ist klar, wie sie arbeiten soll.[6] Abgesehen von diesem Beschwerdemanagement müssen die Firmen jedes halbe Jahr einen Bericht darüber veröffentlichen, was sie gelöscht haben, sowie einen Ansprechpartner für die deutschen Strafverfolgungsbehörden benennen. Denn viel zu häufig werden derzeit Anfragen von Polizei und Verfassungsschutz von diesen Unternehmen sehr spät oder gar nicht beantwortet.[7] Halten sich die Firmen nicht an diese Vorschriften, werden also die neuen Regeln systematisch missachtet, drohen den Betreibern Geldstrafen von bis zu 50 Millionen Euro.[8]

Deutschland ist der erste demokratische Staat, der auf diese Weise versucht, Facebook zur Verantwortung zu ziehen. Obwohl dieses Gesetz von vielen anderen Staaten als ein Schritt in die richtige Richtung angesehen wird[9], ist es hierzulande viel Kritik ausgesetzt. Unter anderem wird bemängelt, dass ein Unternehmen wie Facebook durch das Gesetz in die Rolle eines Richters versetzt werde und alleine entscheiden solle, welche Beiträge strafbar seien. Die Durchsetzung des Rechts, die doch eine der obersten staatlichen Aufgaben ist, werde so »privatisiert«.[10] Als Gegenargument dazu wird angeführt, dass Facebook im Rahmen seiner »Gemeinschaftsstandards«, nach denen es entscheidet, welche Beiträge es erlaubt und welche nicht, längst Löschungen durchführt. Allerdings hält Facebook diese Kriterien geheim.[11]

Die zweite häufig geäußerte Kritik lautet, man gestatte Facebook damit, Zensur zu üben. Im Zweifelsfall werde das Unternehmen Beiträge lieber löschen, um hohe Strafzahlungen zu vermeiden. »Overblocking« wird diese Strategie genannt. Andere argumentieren dagegen, dass Facebook einen finanziellen Anreiz darin habe, dass die User möglichst viele Inhalte veröffentlichen, teilen und liken können.[12]

Facebook selbst hat zu dem Gesetz eine Stellungnahme veröffentlicht, was es sonst nur sehr selten tut. Darin heißt es, der Staat dürfe sich dieser öffentlichen Aufgabe nicht auf Kosten privater Unternehmen entledigen. Außerdem fehle es dem Unternehmen an ausgebildetem Personal, das die Löschentscheidungen treffen könne.[13] Ein Argument, das bei einem Unternehmen, das zuletzt 2,4 Milliarden Dollar Gewinn im Quartal vermeldete[14], nicht wirklich einleuchtet. Klagen will das Unternehmen gegen das Gesetz offenbar nicht, es wird wohl eher auf mögliche Klagen deutscher Bürger warten, wie die *FAZ* vermutet.

Was soziale Medien tun

Den großen US-amerikanischen Unternehmen geht es nicht in erster Linie darum, der Wahrheit oder Glaubwürdigkeit in der Welt zu dienen oder sie zu fördern. Nicht die Weltsicht ihrer User ist für sie wichtig, sondern deren Konsumverhalten. Nur wenn das Weltbild ihnen Aufschluss darüber gibt, interessieren sie sich dafür. Dahinter steckt rein kommerzielles Denken.[15] Allerdings haben auch sie mittlerweile erkannt, dass ihr Ruf in Gefahr gerät, wenn Fake News und Inhalte wie Gewaltvideos oder Propaganda über ihre Kanäle verbreitet werden. Und ihr Image macht ihren eigentlichen Wert aus. Darum zeigen sie sich nun kooperativer.

Doch selbst wenn sie bereit sind, Verantwortung zu übernehmen und unter anderem Fake News Einhalt zu gebieten, stehen sie vor enormen Herausforderungen. Zum einen ist da die Frage, nach welchen Gesetzen sie sich richten sollen. In den USA, wo Facebook seinen Sitz hat, wird beispielsweise Meinungsfreiheit viel weiter gefasst als in Deutschland. Bei uns definiert das Grundgesetz die Grenzen der Meinungsfreiheit bereits in Artikel 5 Absatz 2 (S. 86). In der US-amerikanischen Verfassung haben sich Schranken durch Gesetze und Gerichtsurteile entwickelt. »Die Meinungsfreiheit«, so heißt es in einem Papier des deutschen Bundestages, »genießt einen fast unbedingten Vorrang vor den Persönlichkeitsrechten« in den USA.[16] In Deutschland müssen sich die US-amerikanischen Unternehmen aber an deutsche Strafgesetze halten, und das neue Netzwerkdurchsetzungsgesetz soll dafür sorgen, dass dies auch geschieht.

Noch bevor das Gesetz in Kraft trat, verkündete Facebook-Chef Mark Zuckerberg, 3000 weitere Content-Manager einzustellen, also Mitarbeiter, die gemeldete Facebook-Einträge überprüfen.[17] Damit würde Facebook weltweit insgesamt 7500 solcher Manager beschäftigen. Dementsprechend käme bei mittlerweile zwei Milliarden Usern ein Manager auf 266666 Nutzer. Es ist fraglich, wie die Mitarbeiter bei einem solchen Größenverhältnis ihrer Aufgabe gerecht werden können.

Doch Facebook hat noch eine weitere Strategie entwickelt. Im Kampf gegen Fake News hat es weltweit nach Verbündeten gesucht, vor allem unter journalistischen Redaktionen, die bereit wären, die auf Facebook gemeldeten Nachrichtenbeiträge auf ihren Wahrheitsgehalt zu überprüfen. Denn über Facebook verbreiten sich beispielsweise oft Meldungen über Straftaten, die überhaupt nicht stattgefunden haben. Solche Fälle ließen sich von professionellen Journalisten klären.[18]

In Deutschland prüft das gemeinnützige Recherchezentrum Correctiv, ob es sich solch eine Arbeit für Facebook vorstellen kann. David Schraven, Leiter von Correctiv, formuliert die Herausforderungen dieser Aufgabe so: »Wenn jemand schreibt, er habe den Eindruck, die Bundesregierung plane aus Hass auf Deutschland einen Bevölkerungstausch, dann ist das zwar Unsinn, aber ein Unsinn, den man hinnehmen muss (weil es eine Meinungsäußerung ist). Wenn jemand aber sagt, es gebe einen Plan der Bundesregierung, die Bevölkerung auszutauschen, dann können wir prüfen, gibt es einen solchen Plan oder gibt es zumindest irgendeinen Hinweis auf einen solchen Plan. Wenn es keinen Plan und keinen Hinweis auf einen solchen Plan geben sollte, würden wir dies schreiben und den Ursprungstext entsprechend markieren. Wir würden ihn nicht löschen. Dann kann sich der Leser selbst eine Meinung bilden, was er für richtig hält. Den Ursprungstext oder unsere Überprüfung.«[19]

Die entsprechenden Fake News sollen dann mit der Warnung »Von Faktenprüfern außerhalb von Facebook angezweifelt« versehen werden. Außerdem soll auf Artikel hingewiesen werden, die der Darstellung der Fake News widersprechen. Sollte der Artikel dann trotzdem auf Facebook weiterempfohlen werden, erscheint auch in dem geteilten Post die Warnung.[20]

Außerdem überlegen die großen Unternehmen aus dem Silicon Valley, an anderen Rädchen zu drehen: So sollen Websites, die Fake News verbreiten, von der Möglichkeit ausgeschlossen werden, über Google und Facebook Werbeeinnahmen zu generieren. Das könnte die Betreiber solcher Websites an einem empfindlichen Punkt treffen, denn einige von ihnen sind vor allem oder sogar ausschließlich daran interessiert, mit Fake News Geld zu verdienen (S. 69).[21]

Ein anderer Internetgigant, **Google**, hat in einigen Ländern bereits im Herbst 2016 ein Faktencheck-Label eingeführt – damit gibt Google bei GoogleNews, aber auch bei Suchanfragen an, von wem eine Information stammt und ob sie wahr ist, gegebenenfalls unterfüttert mit einem Beitrag von einer vertrauenswürdigen Quelle.[22]

Außerdem wird Google bei strittigen Themen künftig eher auf Artikel von Medien verweisen, welche die Faktenlage klassischerweise genau überprüfen. Diese Artikel von Medien, die auf Basis von Algorithmen als seriöse Informationsquellen eingeschätzt wurden, werden auch bei Suchanfragen oben in der Ergebnisliste präsentiert.[23]

Googles Tochter **YouTube** löscht gemeldete Inhalte schon relativ zeitnah und angemessen. Auch werden die Methoden, fragwürdige Videos und Bilder zu überprüfen, immer ausgefeilter.[24]

Dass sich in diesem Bereich in den kommenden Monaten und Jahren sicherlich noch viel tun wird, zeigen nicht nur Gesetzesinitiativen. Auch Programmierer arbeiten an neuen Ideen. So berichtete die *Süddeutsche Zeitung* von dem Studenten Anant Goel, der eine Software entwickelt, die Fake News auf Social-Media-Kanälen entlarven soll. Seine Software bewertet zunächst die Herkunft des Artikels anhand einer Liste von vertrauenswürdigen Quellen.

In dieser Liste tauchen Medien auf, die ihre Informationen sorgfältig überprüfen, als Beispiel wird die *New York Times* genannt. Auch den Inhalt überprüft die Software, indem sie zuerst Meinungsäußerungen herausfiltert, sodass nur noch Tatsachenbehauptungen übrig bleiben. Diese Behauptungen gleicht die Software dann mit anderen Artikeln über dasselbe Thema ab. Für die Quelle und die Übereinstimmung mit anderen Artikeln werden »Wahrheitspunkte« vergeben. »Ab einem gewissen Schwellenwert ist der Link verifiziert«, so Anant Goel. »Wenn er die Schwelle nicht erreicht, wird er als Fake gekennzeichnet.«[25]

Was Journalisten und Redaktionen tun

Donald Trump hat seit Beginn seiner Amtszeit mehrfach ausgerufen, er befinde sich im Krieg mit den Medien. Die von ihm als »Fake News« beschimpften Medien wie die *Washington Post* und die *New York Times* reagierten vorbildlich. Der Chefredakteur der *Washington Post*, Martin Baron, merkte nüchtern an: »We are not at war with the administration. We are at work.« (»Wir sind nicht im Krieg mit der Regierung. Wir sind bei der Arbeit.«)[26] »Jedes Mal, wenn er tobt, geht unsere Auflage hoch. Gut fürs Geschäft. Eigentlich hilft er uns unfreiwillig«, kommentierte Jim Rutenberg, Kolumnist bei der *New York Times*, Trumps Attacken auf seine Zeitung. In den USA wird dieser Trend als »Trump Bump« bezeichnet (also »Trump-Beule«, weil die Auflagenkurve nach oben steigt). So hat beispielsweise die *New York Times* im vierten Quartal 2016 ihr Allzeithoch erreicht, eine

Auflage von über drei Millionen Exemplaren.[27] Im ersten Quartal 2017 gewann sie 308000 neue Abonnenten für ihre Digitalausgabe – so viele wie noch nie. Und auch Sender wie CCN können höhere Einschaltquoten verzeichnen.[28]

Der Umgang der Medien mit dem Vorwurf »Fake News« ist also gelassen. Doch was tun Redaktionen weltweit gegen die echten Fake News? Natürlich müssen sie diese erst einmal als solche benennen – ohne sie zu oft zu wiederholen. Zudem wollen sie viel Arbeit investieren, um über die Hintergründe von Fake News aufzuklären.[29] Die *New York Times* geht auch da mit gutem Beispiel voran und hat fünf Millionen Dollar in investigativen Journalismus (S. 106) investiert.[30] Auch deutsche Medien richten eigene Formate und Rechercheteams ein, die gegen Fake News vorgehen sollen, so beispielsweise das ZDF[31] oder die ARD[32]. Solche Faktenchecks, nicht nur im Fernsehen, sondern auch in den Print- und Online-Medien, haben in den letzten Jahren und Monaten erheblich an Bedeutung gewonnen.[33] Häufig werden diese Formate darum auch ganz deutlich so benannt, zum Beispiel »Faktencheck« bei der *FAZ*[34] oder dem WDR[35], »Faktenfinder« bei der *Tagesschau*[36] oder »Fakt oder Fake« bei der *ZEIT*[37]. Solche Faktenchecks sollten die Menschen so früh wie möglich erreichen und nicht erst, wenn sich die Fake News schon weit verbreitet haben. Auf diese Weise können die Leser sozusagen gegen die Fake News »geimpft« werden.[38] Leider erreichen sie bisher nur einen kleinen Teil der Gesellschaft, nämlich jene, die den Medien tendenziell ohnehin schon vertrauen.[39]

Doch es gibt auch andere neue Formate, die sich zurzeit etablieren und die auf neue Bedürfnisse reagieren. So mahnte beispielsweise der Journalist Georg Mascolo, Journalisten sollten häufiger zugeben: »Wir wissen es nicht. Wir können es nicht beurteilen. Gebt uns einen Moment Zeit, die Dinge zu durchdringen, sie zu recherchieren.«[40] Passend dazu haben viele Online-Medien mittlerweile ein Format für aktuelle Großlagen entwickelt, das auf den unterschiedlichen Seiten in Varianten etwa »Was wir bisher wissen – und was nicht« lautet. Dabei werden häufig auch Gerüchte aufgegriffen, die dazu live im Internet kursieren, und es wird informiert, ob diese bestätigt sind oder nicht.[41]

Und schließlich bemühen sich viele Redaktionen um mehr Transparenz. Sie legen Kritik offen, indem sie Leserbriefe veröffentlichen, und äußern sich dazu und zu Fehlern ihrer eigenen Berichterstattung in offiziellen Statements (S. 49). Sie bieten an, Kontakt aufzunehmen – relativ neu ist beispielsweise, dass unter den Artikeln des *SPIEGEL* manchmal die E-Mail-Adresse oder der Twitter-Account des Autors vermerkt ist. Gleichzeitig ermöglichen sie immer häufiger einen Blick hinter die Kulissen, wie beispielsweise die *ZEIT*, wenn sie im Transparenzkasten »Hinter der Geschichte« ein Making-of des Artikels mit abdruckt.[42]

Was Gerichte tun

Am Ende sind es natürlich häufig Richter, die entscheiden müssen, wenn es zu Streitigkeiten über Berichterstattungen kommt. Sie urteilen zum Beispiel über Gegendarstellungen, aber auch über Klagen wegen Verleumdung oder Beleidigung, Bedrohung oder Volksverhetzung, und setzen die Höhe eines eventuellen Schadensersatzes oder einer Strafe fest.[43]

KAPITEL FÜNF

Was könnt ihr von Journalisten erwarten?

Journalisten sind einzig und allein für euch da; Redaktionen und ihre Medien existieren, um Bürger zu informieren: zu berichten, zu erläutern, aufzuklären und aufzudecken. Das ist ihre verfassungsgemäße Aufgabe und – in der Regel – auch ihre persönliche Motivation für ihren Job: die »Seele der Welt« zu zeigen, wie es Hanns Joachim Friedrichs ausdrückte.[1]

Doch das Verhältnis zwischen Lesern und Journalisten ist in einigen Fällen so zerrüttet, dass Letztere als »Lügenpresse« oder »Fake News« beschimpft werden (S. 43). Was also muss sich ändern, damit sich diese Beziehung wieder bessert? Was können die Bürger von Journalisten und Redaktionen verlangen? Was könnt ihr erwarten?

Zunächst einmal, dass sie sich an die Regeln halten, die für Journalisten gelten, dass sie Versuchungen, denen sie in der Vergangenheit erlegen sind, in Zukunft widerstehen: dass sie sich um originelle Vielfalt bemühen und Konformität vermeiden; dass sie die Finger lassen von Skandalisierung und Clickbaiting; dass sie neben der Berichterstattung über die große, weite Welt auch näher an die Realität des Durchschnittsbürgers und seine Probleme heranrücken; dass sie ihre Arbeit transparent, ihre Recherche nachvollziehbar machen und erklären, warum sie einer Quelle eher trauen als einer anderen; dass sie Meinung von Bericht so gut es geht trennen und kommentierende Formate als solche kennzeichnen[2]; dass sie streiten, indem sie unterschiedliche Meinungen aufzeigen und diese mit Argumenten belegen; dass sie ihren Hochmut ablegen; dass sie sich zu Fehlern bekennen und sie öffentlich korrigieren; dass sie jene anzeigen, die Journalisten ernsthaft beleidigen, bedrohen oder angreifen. »Vertrauen ist keineswegs selbstverständlich«, schreibt Irene Neverla. »Es setzt gewachsene positive Erfahrungen ebenso voraus wie Kenntnisse darüber, wie mediatisierte Kommunikation operiert.«[3]

Vielleicht muss man nicht so weit gehen wie PR-Spezialist Richard Edelman, der forderte, Leser müssten Journalisten »für einen Bekannten oder gar Mitglied der Familie halten«[4]. Aber insgesamt könnten sich Journalisten den Menschen wieder nähern und die Beziehung zu ihnen besser pflegen. Dazu könnten die aufgezählten Verhaltensweisen beitragen.

KAPITEL SECHS

Was könnt ihr selbst ändern?

Das Wichtigste ist, zu erkennen, dass ihr als Konsumenten von Medien nicht zur Passivität gezwungen seid. Ihr alle könnt einen Beitrag gegen Fake News leisten. Die Zeiten, in denen Medien nur gesendet und Konsumenten nur empfangen haben, sind vorbei. »[D]ie Trennlinie zwischen Journalist und Leser [ist] überschritten«, sagt Timothy Garton Ash.[1] Ihr seid also längst aktive Teilnehmer der Medien. Indem ihr kommentiert, teilt, verlinkt, kritisiert, verbreitet und abstimmt[2], seid auch ihr Multiplikatoren. Darum müsst ihr euch einer Verantwortung stellen: All eure Aktivitäten in den sozialen Medien sollten wohlüberlegt sein. Denkt an die Aufklärung und setzt euren Verstand ein! Um Informationen kritisch zu hinterfragen, ist es hilfreich, die Empfehlungen von Peter Bieri zu verwenden (S. 139).

Wenn es darum geht, die Weiterverbreitung von Fake News zu vermeiden, gibt es einige Fragen, die besonders wichtig sind. Beispielsweise die nach der Quelle einer Information. Gerade, wenn ihr von etwas über die sozialen Medien erfahrt, seht euch an, von wem die Information stammt, bevor ihr sie weiterverbreitet – steht dahinter eine seriöse Redaktion? Dann seid ihr mit großer Wahrscheinlichkeit auf der sicheren Seite. Kennt ihr die Quelle nicht? Dann solltet ihr sie euch genauer ansehen: Wer verbreitet die Information? Wer steckt zum Beispiel hinter einer Website oder einem kostenlos verteilten Magazin? Teil des deutschen Presserechts ist eine Impressumspflicht[3] – jedes Medium muss also eine Seite haben, auf der steht, wer den Inhalt verantwortet.[4] So bekommt ihr vielleicht auch die Antwort auf die Frage, wer das jeweilige Medium finanziell trägt. Denn auch das ist nicht völlig unwichtig für die Überlegung, wie vertrauenswürdig ein Medium ist.[5]

Ihr könnt auch nachsehen, ob Medien, denen ihr vertraut, Ähnliches berichten. Wenn ihr schließlich zu dem Schluss kommt, dass ihr nicht sicher sein könnt, ob eine Nachricht stimmt, wartet ab. Teilt sie vorerst nicht – fragt vielleicht nach.

Diese Vorgehensweise solltet ihr auch von den Menschen in eurer Umgebung erwarten: Fragt eure Eltern, Lehrer und Freunde, woher sie ihre Informationen haben. Je unglaublicher eine Geschichte klingt, umso wichtiger ist es, dass ihr wisst, woher sie stammt.

Sucht euch ein, besser noch zwei bis drei Medien eures Vertrauens. Das können Zeitungen sein, Websites, Nachrichtensendungen im Fernsehen oder im Radio. Die meisten haben auch Kanäle in den sozialen Medien, Apps oder andere digitale Angebote. Von einigen, die nach professionellen Standards arbeiten, habt ihr bereits gelesen. Natürlich gibt es noch viel mehr gute Redaktionen, beispielsweise bei der Lokalzeitung in eurem Heimatort. Nehmt euch einen bestimmten Rhythmus vor, in dem ihr Nachrichten konsumiert. Lasst euch zum Beispiel jeden Morgen zur vollen Stunde vom Radio wecken, wenn die Nachrichten laufen, oder hört sie unter der Dusche. Öffnet einmal am Tag eine Nachrichten-App, geht auf eine Nachrichten-Website, guckt euch etwa jeden Tag das *heute-journal* an, oder – für Eilige – die *Tagesschau* in 100 Sekunden[6] im Internet.

Wenn ihr das regelmäßig tut, bekommt ihr einen guten Überblick darüber, was in der Welt so los ist, und entwickelt gleichzeitig ein Gefühl für professionell aufbereitete Nachrichten. Das schult euren Instinkt, Fake News schneller zu erkennen.

Bei allen beschriebenen Fällen von Fake News konntet ihr sicherlich verstehen, dass ein bestimmtes Interesse dahintersteckte, meist politischer Natur. Um nicht hinters Licht geführt, nicht instrumentalisiert zu werden, gibt es außerdem einen guten Tipp von Ursula von der Leyen, die empfiehlt, man solle immer, wenn man einer Nachricht nicht traue, fragen: Cui bono?[7] Das ist Latein und bedeutet: Wem nützt es?Wer hat also ein Interesse daran, dass ihr das glaubt, und was würde passieren, wenn alle Menschen diese Fake News für wahr hielten?

Wenn ihr einer Quelle nicht traut und die Nachricht auch auf keiner seriösen Website findet, könnt ihr überlegen, warum sie wohl trotzdem verbreitet wird. Welche politische Stimmung soll damit geschürt werden? Richtet sie sich gegen eine bestimmte Minderheit? Sollen dadurch die Emotionen in einer besonders strittigen Frage hochkochen? Mit diesen Vorgehensweisen verhindert ihr, Opfer von Fake News zu werden. Und wenn ihr meint, dass ein Medium oder ein Journalist gegen die Regeln und Pflichten des Pressekodex verstoßen hat, dann macht von euren demokratischen Rechten Gebrauch und beschwert euch beim Presserat, das geht ganz einfach online.[8]

Diskutiert in der Schule über Nachrichten und die Themen, die darin vorkommen. Fragt eure Lehrer, wie ihr euch in der Welt der Medien besser zurechtfinden könnt. Schließt euch als Schüler zusammen, seht euch die unterschiedlichen Medien an und diskutiert, was sie euch bieten. Es ist euer Recht, darüber etwas zu lernen.

»Wir können selbst daran arbeiten, die unzensierten, vielfältigen und vertrauenswürdigen Medien zu schaffen, die wir brauchen, um gut informiert Entscheidungen zu treffen und vollständig am politischen Leben teilzuhaben«, schreibt Timothy Garton Ash.[9] Wie genau macht ihr das? Indem ihr verantwortungsvoll Medien konsumiert, aber auch selbst mit Informationen verantwortungsvoll umgeht: Passt auf, was ihr erzählt, teilt, verbreitet – klärt vorher, ob ihr sicher sein könnt, dass die Information stimmt. Argumentiert ordentlich, stellt nicht einfach Behauptungen auf und posaunt sie in die Welt. Streitet euch und diskutiert mit Freunden und eurer Familie. Aber passt dabei auf, dass ihr denen, die anderer Meinung sind als ihr, auch wirklich zuhört, und lasst für einen Moment den Gedanken zu, dass sie vielleicht (auch) in einem Punkt recht haben könnten. Nehmt sie ernst, so wie ihr von ihnen ernst genommen werden wollt.

Wir leben in einer Zeit, in der die politische Diskussion sehr von den Rändern geprägt ist, die kaum noch bereit sind, miteinander oder mit der Mitte zu kommunizieren. Doch kaum etwas in dieser Welt wird besser dadurch, dass Menschen nicht miteinander reden. Deshalb: Sprecht auch mit denen, die völlig anderer Meinung sind als ihr. Passt dabei auf, dass ihr Verachtung von Kritik unterscheidet, wie es der ehemalige Bundespräsident Joachim Gauck empfiehlt.[10] Werdet nicht persönlich oder überheblich, begegnet eurem Gegenüber auf Augenhöhe. Ihr werdet merken, dass auch eine solche Diskussion euren Blick auf die Welt bereichert, selbst wenn ihr euren Standpunkt am Ende keinen Millimeter verändert habt. »Robuste Zivilität bedeutet, Streit nicht zu scheuen, die eigene Position zu artikulieren und die des anderen ernst zu nehmen. Und [...] weniger beleidigt zu sein«, rät der Chefredakteur des *SPIEGEL*, Klaus Brinkbäumer.[11]

Stellt Fragen, macht den Mund auf, traut euch, eine Meinung zu haben – nichts ist schlimmer als Gleichgültigkeit. Denn es ist eure Zukunft, um die es geht. Eines Tages werden all diejenigen, die heute das Sagen haben, nicht mehr da sein, und dann ist es an euch, die Welt zu gestalten. Ihr habt eine Verantwortung – auch als junge Bürger.

Wenn ihr mehr wissen wollt

Bücher und Aufsätze:

Ash, Timothy Garton: *Redefreiheit. Prinzipien für eine vernetzte Welt*, Hanser Verlag 2016

Bieri, Peter: »Wie wäre es, gebildet zu sein?« http://www.hwr-berlin.de/fileadmin/downloads_internet/publikationen/Birie_Gebildet_sein.pdf

Fluter (Nr. 63): *Propaganda* http://www.bpb.de/shop/zeitschriften/fluter/250842/propaganda

Frankfurt, Harry G.: *Bullshit*, Suhrkamp Taschenbuch 2014

Lilienthal, Volker; Neverla, Irene (Hg.): *Lügenpresse. Anatomie eines politischen Kampfbegriffs*, KiWi 2017

Mast, Claudia (Hg.): *ABC des Journalismus. Ein Handbuch*, 11. überarbeitete Auflage, UVK Verlagsgesellschaft 2008

Links:

Bundeszentrale für politische Bildung
https://www.bpb.de

Fluter, Magazin für politische Bildung
http://www.fluter.de

Lamby, Stephan: »Die nervöse Republik«
http://www.ardmediathek.de/tv/Reportage-Dokumentation/Nervöse-Republik-Ein-Jahr-Deutschland/Das-Erste/Video?bcastId=799280&documentId=42212804
Landeszentralen für politische Bildung
http://www.politische-bildung.de/index.php
Pressekodex
http://www.presserat.de/pressekodex/pressekodex/
Presserat
http://www.presserat.de/presserat/

Quellen

Einleitung

1 http://www.spiegel.de/spiegel/print/d-131147816.html; https://votum24.votum1.de/de/politik/wdr-leiter-packt-aus-die-themen-ueber-die-berichtet-wird-werden-von-der-regDierung-vorgegeben
2 http://www.deutschlandfunk.de/ueber-fake-news-erster-teil-ein-gespenst-geht-um-nicht-nur.1818.de.html?dram:article_id=380132
3 http://www.helmut-kohl-kas.de/index.php?menu_sel=15&menu_sel2=213&menu_sel3=122

Kapitel eins

1 http://www.sueddeutsche.de/politik/amigo-affaere-streibls-verhaengnisvolle-freunde-1.780435
2 http://www.spiegel.de/thema/sexueller_missbrauch_in_der_katholischen_kirche
3 http://wirtschaftslexikon.gabler.de/Definition/bankenkrise.html
4 »Ich weiß, was Lügenpresse wirklich bedeutet«, Joachim Gauck in der *FAZ* vom 2. 12. 2016
https://www.tagesschau.de/wirtschaft/weidmann134.html; https://www.dbwv.de/fileadmin/user_upload/Mediabilder/DBwV_Info_Portal/Politik_Verband/2017/Grusswort_Jahresempfang_Wehrbeauftragter.pdf; http://m.mainpost.de/regional/main-tauber/Schulsystem-in-Vertrauenskrise;art21526,4353982
5 http://www.spiegel.de/panorama/gesellschaft/missbrauchsskandal-zahl-der-kirchenaustritte-2010-deutlich-gestiegen-a-755497.html
6 http://www.bpb.de/politik/wahlen/bundestagswahlen/62559/bundestagswahlen-1949-2009; https://wahl.tagesschau.de/wahlen/2013-09-22-BT-DE/index-content.shtml; http://www.spiegel.de/politik/deutschland/amtliches-endergebnis-cdu-siegt-

fdp-und-afd-raus-a-923830.html; http://www.tagesspiegel.de/politik/spendenausschuss-bestechlichkeit-haette-katastrophale-folgen-fuer-die-cdu-interview/162282.html

7 http://www.bpb.de/nachschlagen/lexika/lexikon-der-wirtschaft/19366/finanzmarktkrise

8 http://www.zeit.de/2008/14/01-Bankenrettung-Pro/komplett ansicht

9 http://www.focus.de/finanzen/banken/kredit/tid-12426/schuldneratlas-2008-jeder-zehnte-deutsche-ist-ueberschuldet_aid_345784.html

10 http://www.bpb.de/nachschlagen/lexika/lexikon-der-wirtschaft/19366/finanzmarktkrise

11 www.munzinger.de zu Karl-Theodor zu Guttenberg

12 http://www.taz.de/!5125982; http://www.stern.de/politik/wahl/politiker-beliebtheitsskala-guttenberg-ist-der-shootingstar-3807672.html

13 http://www.spiegel.de/politik/deutschland/fussnoten-streit-dr-guttenberg-nennt-plagiatsvorwuerfe-abstrus-a-745919.html; http://www.zeit.de/politik/deutschland/2011-02/guttenberg-erklaerung-wortlaut-

14 http://www.zeit.de/politik/deutschland/2011-02/guttenberg-wahrheit

15 http://www.sueddeutsche.de/bildung/kritik-an-dissertation-plagiatsvorwuerfe-gegen-von-der-leyen-1.2666266; http://www.haz.de/Nachrichten/Politik/Fotostrecken-Politik/Sieverloren-ihren-Doktortitel/chatzimarkakis-dpa; http://www.taz.de/!5116470; http://www.tagesspiegel.de/wissen/plagiats-affaere-mathiopoulosscheitert-erneut-im-rechtsstreit-um-doktortitel/19965840.html

16 http://www.sueddeutsche.de/politik/bundespraesident-in-not-wulff-drohte-mit-strafanzeige-gegen-bild-journalisten-1.1248384

17 http://www.spiegel.de/kultur/gesellschaft/wulff-und-die-bild-zeitung-das-band-ist-zerschnitten-a-806751.html

18 ebenda

19 http://www.zeit.de/politik/deutschland/2012-01/wulff-bobby-autohaus

20 http://www.juraexamen.info/aufhebung-immunitat-von-bundes prasident-christian-wulff

21 https://dejure.org/gesetze/GG/60.html; https://www.gesetze-im-internet.de/gg/art_46.html
22 http://www.berliner-zeitung.de/politik/affaere-wulff-es-bleibt-der-vorwurf-der-bestechlichkeit-6610828; http://www.faz.net/aktuell/politik/vorwurf-der-bestechlichkeitanklage-gegen-christian-wulff-erhoben-12146323.html
23 http://www.spiegel.de/politik/deutschland/wulff-freispruch-des-ex-bundespraesidenten-ist-rechtskraeftig-a-974908.html
24 http://www.spiegel.de/kultur/gesellschaft/wulff-und-die-bild-zeitung-das-band-ist-zerschnitten-a-806751.html; http://www.taz.de/!5103829
25 http://www.taz.de/!5047518
26 https://www.djv.de/startseite/profil/der-djv/pressebereich-download/pressemitteilungen/detail/article/medienschelte-ueberzogen-1.html
27 Heribert Prantl: »Trotz alledem. Von der Ehrenrettung eines systemrelevanten Berufs« in Lilienthal/Neverla: *Lügenpresse*, S. 274
28 https://www.djv.de/startseite/profil/der-djv/pressebereich-download/pressemitteilungen/detail/article/medienschelte-ueberzogen-1.html
29 http://www.spiegel.de/wirtschaft/schwarzer-hoeness-und-co-zitate-zum-thema-steuerhinterziehung-a-950804.html; http://www.focus.de/finanzen/steuern/zumwinkel-graf-wuerth-diese-strafen-verbuessten-andere-prominente-steuersuender_id_3678778.html
30 http://dipbt.bundestag.de/doc/btd/14/009/1400999.pdf; http://pdok.bundestag.de/extrakt/ba/WP14/456/45608.html
31 http://www.zeit.de/politik/deutschland/2017-04/armutsbericht-grosse-koalition-schoenung-kritik
32 »Bundesregierung schönt Armutsbericht«, *Süddeutsche Zeitung* vom 28. 11. 2012
33 ebenda
34 ebenda
35 http://www.zeit.de/wirtschaft/2012-11/armutsbericht-bundesregierung-aenderungen
36 https://www.tagesschau.de/multimedia/sendung/tt4556.html (ca. Minute 4:53)

37 http://www.tagesspiegel.de/politik/generaldebatte-im-bundestag-merkel-deutschland-geht-es-so-gut-wie-nie-zuvor/4584808.html; https://www.bundesregierung.de/Content/DE/Bulletin/2010-2015/2011/09/86-2-bk-bt-haushalt.html
38 https://www.cducsu.de/themen/dr-angela-merkel-den-menschen-deutschland-ging-es-noch-nie-so-gut-wie-im-augenblick
39 ebenda
40 http://www.zeit.de/2017/17/armutsbericht-deutschland-ein kommen-politik-wahlen
41 Norbert Schneider: »›Zweimal drei macht vier.‹ Über das Innenleben und die Breitenwirkung einer Hetzvokabel« in Lilienthal/Neverla: *Lügenpresse*, S. 135
42 http://www.deutschlandfunk.de/drei-jahre-krim-annexion-ein-persoenlicher-triumph-putins.1766.de.html?dram:article_id=381609
43 http://www.zeit.de/politik/ausland/2014-05/ukraine-putin-wahlfaelschung
44 http://www.zeit.de/politik/ausland/2014-08/separatisten-waffen-russland
45 http://www.bpb.de/internationales/europa/ukraine/201881/dokumentation-das-minsker-abkommen-vom-12-februar-2015
46 http://www.spiegel.de/politik/ausland/ukraine-konflikt-separatisten-rufen-kleinrussland-aus-a-1158493.html
47 http://www.zeit.de/2015/47/ukraine-krieg-propaganda-informationen-journalismus
48 »Ein aggressiver, wüster und vulgärer Ton«, *Die ZEIT* vom 25. 6. 2015
49 http://www.zeit.de/politik/ausland/2016-08/ukraine-konflikt-minsker-abkommen-folgen-russland-krim
50 http://www.spiegel.de/politik/ausland/ostukraine-russische-soldaten-kaempfen-an-der-seite-der-separatisten-a-988155.html
51 »Betreten verboten«, *Die ZEIT* vom 2. 2. 2017
52 http://www.zeit.de/2015/47/ukraine-krieg-propaganda-informationen-journalismus
53 Kai Gniffke: »Respektvolle Kommunikation mit dem Publikum. Wie wir ›alimentierten Drecksfressen‹ auf Hassrede antworten« in Lilienthal/Neverla: *Lügenpresse*, S. 163
54 http://www.tagesspiegel.de/politik/analyse-von-langzeit

daten-eine-vergebliche-suche-nach-der-luegenpresse/12870672.html; http://www.deutschlandfunk.de/das-luegenpresse-phaenomen-wie-medien-vertrauen.724.de.html?dram:article_id=341260
55 http://www.faz.net/aktuell/wirtschaft/wirtschaftspolitik/europain-der-krise-schuldenkrise-jetzt-fluechtlingskrise-14043213.html
56 https://www.uno-fluechtlingshilfe.de/fluechtlinge/fragen-antworten/wc/J102?gclid=EAIaIQobChMIgov3ntKr1QIVI77tCh32ewqvEAAYASAAEgI1lfD_BwE; http://www.bamf.de/DE/Fluechtlingsschutz/AblaufAsylv/PruefungDublinverfahren/pruefung-dublinverfahren-node.html
57 http://www.zeit.de/2016/35/grenzoeffnung-fluechtlinge-september-2015-wochenende-angela-merkel-ungarn-oesterreich/komplettansicht
58 https://twitter.com/bamf_dialog/status/636138495468285952?lang=de
59 http://www.zeit.de/2016/35/grenzoeffnung-fluechtlinge-september2015-wochenende-angela-merkel-ungarn-oesterreich/komplettansicht
60 ebenda
61 ebenda
62 http://www.zeit.de/news/2015-09/14/deutschland-fast-20000-fluechtlinge-am-wochenende-in-muenchen-eingetroffen-14114403
63 http://www.spiegel.de/politik/deutschland/afd-alexander-gaulandsieht-fluechtlingskrise-als-geschenk-a-1067356.html; http://www.spiegel.de/politik/deutschland/afd-und-frauke-petrypunkten-mit-anti-asyl-kurs-a-1055308.html; http://www.spiegel.de/politik/deutschland/afd-alternative-fuerdeutschland-laut-umfrage-bei-7-prozent-a-1056561.html; http://www.zeit.de/politik/deutschland/2015-11/afd-umfrage-drittstaerkste-partei
64 http://www.pegida.de
65 http://www.bamf.de/SharedDocs/Anlagen/DE/Downloads/Infothek/Statistik/Asyl/aktuelle-zahlen-zu-asyl-mai-2017.html?nn=7952222
66 http://www.zeit.de/gesellschaft/zeitgeschehen/2017-01/ein

wohnerzahl-steigt-deutschland-statistisches-bundesamt-rekord-einwanderung
67 http://www.zeit.de/2016/35/grenzoeffnung-fluechtlinge-september 2015-wochenende-angela-merkel-ungarn-oesterreich/komplett ansicht
68 »Niemand befiehlt, alle gehorchen«, *Die ZEIT* vom 24. 9. 2015
69 »Flucht vor der Mitte«, *Die WELT* vom 6. 11. 2015
70 »Die Vertrauensfrage«, *Der SPIEGEL* vom 13. 2. 2016
71 »Flucht vor der Mitte«, *Die WELT* vom 6. 11. 2015
72 ebenda
73 http://www.zeit.de/politik/deutschland/2015-11/rechtsextre mismus-fluechtlingsunterkuenfte-gewalt-gegen-fluechtlinge-justiz-taeter-urteile
74 Irene Neverla: »›Lügenpresse‹ – Begriff ohne jede Vernunft? Zum Verständnis einer alten Kampfvokabel« in Lilienthal/Neverla: *Lügenpresse*, S. 21–22; Norbert Schneider: »›Zweimal drei macht vier.‹ Über das Innenleben und die Breitenwirkung einer Hetzvokabel« in Lilienthal/Neverla: *Lügenpresse*, S. 128, 133; »Offene Gesellschaft«, Ursula von der Leyen in *Der SPIEGEL* vom 28. 1. 2017
75 http://www.spiegel.de/kultur/gesellschaft/fluechtlingskri-se-deutschland-ist-kurz-vorm-durchdrehen-a-1078368.html
76 https://www.bundestag.de/blob/411744/c3898daa35546221e4853 f2925dae036/wd-1-050-08-pdf-data.pdf
77 http://www.spiegel.de/netzwelt/web/spiegel-online-geschichte-und-entwicklung-des-online-journalismus-a-995631.html
78 ebenda
79 Heribert Prantl: »Trotz alledem. Von der Ehrenrettung eines systemrelevanten Berufs« in Lilienthal/Neverla: *Lügenpresse*, S. 273
80 Irene Neverla: »›Lügenpresse‹ – Begriff ohne jede Vernunft? Zum Verständnis einer alten Kampfvokabel« in Lilienthal/Neverla: *Lügenpresse*, S. 26
81 http://meedia.de/2014/10/23/das-volle-ausmass-der-print-krise-89-der-zeitschriften-verloren-in-den-vergangenen-fuenf-jahren-auflage
82 http://meedia.de/2017/01/25/die-wundersame-welt-der-ma-zahlen-21-der-25-groessten-zeitschriften-gewinnen-leser

83 »Die Zahlungsbereitschaft für Online-Journalismus steigt«, *FAZ* vom 23. 6. 2016
84 Katharina Kleinen-von Königslöw: »Neue Medien, neue Nutzungsgewohnheiten. Warum wir Facebook-Freunden mehr vertrauen« in Lilienthal/Neverla: *Lügenpresse*, S. 97
85 Reinemann/Fawzi/Obermaier: »Die ›Vertrauenskrise‹ der Medien – Fakt oder Fiktion? Zu Entwicklung, Stand und Ursachen des Medienvertrauens in Deutschland« in Lilienthal/Neverla: *Lügenpresse*, S. 81
86 http://www.deutschlandfunkkultur.de/selbstkritischer-journalismus-lueckenpresse-was-in-den.1270.de.html?dram:article_id=366690
87 Heribert Prantl: »Trotz alledem. Von der Ehrenrettung eines systemrelevanten Berufs« in Lilienthal/Neverla in Lilienthal/Neverla: *Lügenpresse*, S. 276
88 Norbert Schneider: »›Zweimal drei macht vier.‹ Über das Innenleben und die Breitenwirkung einer Hetzvokabel« in Lilienthal/Neverla: *Lügenpresse*, S. 124
89 http://www.haz.de/Nachrichten/Medien/Uebersicht/Presserat-Sprecher-Protze-im-Interview-ueber-die-Luegenpresse-und-Straftaeter
90 »Mehr als warme Worte«, *Süddeutsche Zeitung* vom 2. 12. 2016
91 Norbert Schneider: »›Zweimal drei macht vier.‹ Über das Innenleben und die Breitenwirkung einer Hetzvokabel« in Lilienthal/Neverla: *Lügenpresse*, S. 120
92 ebenda, S. 121
93 »Ich weiß, was Lügenpresse wirklich bedeutet«, Joachim Gauck in der *FAZ* vom 2. 12. 2016
94 Norbert Schneider: »›Zweimal drei macht vier.‹ Über das Innenleben und die Breitenwirkung einer Hetzvokabel« in Lilienthal/Neverla: *Lügenpresse*, S. 121
95 Irene Neverla: »›Lügenpresse‹ – Begriff ohne jede Vernunft? Zum Verständnis einer alten Kampfvokabel« in Lilienthal/Neverla: *Lügenpresse*, S. 19
96 Norbert Schneider: »›Zweimal drei macht vier.‹ Über das Innenleben und die Breitenwirkung einer Hetzvokabel« in Lilienthal/Neverla: *Lügenpresse*, S. 119
97 Reinemann/Fawzi/Obermaier: »Die ›Vertrauenskrise‹ der

Medien – Fakt oder Fiktion? Zu Entwicklung, Stand und Ursachen des Medienvertrauens in Deutschland« in Lilienthal/Neverla: *Lügenpresse*, S. 18

98 Volker Lilienthal: »›Lügenpresse‹ – zur Versachlichung der Debatte« in Lilienthal/Neverla: *Lügenpresse*, S. 12

99 Stephan Lamby: »Die nervöse Republik« (ca. Minute 1:11)

100 Reinemann/Fawzi/Obermaier: »Die ›Vertrauenskrise‹ der Medien – Fakt oder Fiktion? Zu Entwicklung, Stand und Ursachen des Medienvertrauens in Deutschland« in Lilienthal/Neverla: *Lügenpresse*, S. 88

101 ebenda

102 ebenda, S. 90

103 »Ich weiß, was Lügenpresse wirklich bedeutet«, Joachim Gauck in der *FAZ* vom 2. 12. 2016

104 Irene Neverla: »›Lügenpresse‹ – Begriff ohne jede Vernunft? Zum Verständnis einer alten Kampfvokabel« in Lilienthal/Neverla: *Lügenpresse*, S. 20

105 ebenda, S. 19

106 Reinemann/Fawzi/Obermaier: »Die ›Vertrauenskrise‹ der Medien – Fakt oder Fiktion? Zu Entwicklung, Stand und Ursachen des Medienvertrauens in Deutschland« in Lilienthal/Neverla: *Lügenpresse*, S. 89

107 ebenda, S. 82/83

108 ebenda, S. 84

109 http://www.spiegel.de/lebenundlernen/job/laender-studie-jeder-zweite-deutsche-vertraut-den-nachrichten-a-1153505.html

110 ebenda

111 Reinemann/Fawzi/Obermaier: »Die ›Vertrauenskrise‹ der Medien – Fakt oder Fiktion? Zu Entwicklung, Stand und Ursachen des Medienvertrauens in Deutschland« in Lilienthal/Neverla: *Lügenpresse*, S. 84

112 Norbert Schneider: »›Zweimal drei macht vier.‹ Über das Innenleben und die Breitenwirkung einer Hetzvokabel« in Lilienthal/Neverla: *Lügenpresse*, S. 134

113 »Die Vertrauensfrage«, *Der SPIEGEL* vom 13. 2. 2016

114 »Ich weiß, was Lügenpresse wirklich bedeutet«, Joachim Gauck in der *FAZ* vom 2. 12. 2016

115 Irene Neverla: »›Lügenpresse‹ – Begriff ohne jede Vernunft? Zum

Verständnis einer alten Kampfvokabel« in Lilienthal/Neverla: *Lügenpresse*, S. 33
116 ebenda
117 http://www.zeit.de/kultur/2016-02/dresdner-rede-dresden-giovanni-di-lorenzo/komplettansicht
118 Irene Neverla: »›Lügenpresse‹ – Begriff ohne jede Vernunft? Zum Verständnis einer alten Kampfvokabel« in Lilienthal/Neverla: *Lügenpresse*, S. 22
119 Irene Neverla: »›Lügenpresse‹ – Begriff ohne jede Vernunft? Zum Verständnis einer alten Kampfvokabel« in Lilienthal/Neverla: *Lügenpresse*, S. 23
120 http://blog.zeit.de/schueler/files/2010/09/2.1-Klassische_Medien.pdf
121 http://www.turi2.de/aktuell/interview2-giovanni-di-lorenzo-ueber-die-fluechtlings-fehltritte-der-medien
122 http://www.faz.net/aktuell/feuilleton/medien/70-jahre-spiegel-magazin-feiert-sein-jubilaeum-14603297.html; http://www.spiegel.de/spiegel/print/d-13497809.html
123 »Vermisst: Respekt«, *Die ZEIT* vom 1. 12. 2016
124 Stephan Lamby: »Die nervöse Republik« (ca. Minute 23)
125 http://www.zeit.de/kultur/2016-02/dresdner-rede-dresden-giovanni-di-lorenzo/komplettansicht
126 Klaus Brinkbäumer: »Zehn Prinzipien für die journalistische Wahrheitssuche. Für einen Journalismus, der die Welt in allen Facetten erklärt« in Lilienthal/Neverla: *Lügenpresse*, S. 73
127 http://www.tagesschau.de/multimedia/sendung/tt-3217.html; http://meedia.de/2014/10/02/tagesthemen-moderator-thomas-roth-entschuldigt-sich-on-air-fuer-ukraine-patzer
128 http://meedia.de/2016/02/22/so-etwas-haette-der-spiegel-fruehernicht-zugegeben-spiegel-chef-klaus-brinkbaeumer-ueber-glaubwuerdigkeit-undfehlerkultur
129 http://meedia.de/2016/01/06/zdf-entschuldigt-sich-auf-face book-fuer-fehlende-koeln-berichterstattung
130 Reinemann/Fawzi/Obermaier: »Die ›Vertrauenskrise‹ der Medien – Fakt oder Fiktion? Zu Entwicklung, Stand und Ursachen des Medienvertrauens in Deutschland« in Lilienthal/Neverla: *Lügenpresse*, S. 93
131 »Betreten verboten«, *Die ZEIT* vom 2. 2. 2017

132 Katharina Kleinen-von Königslöw: »Neue Medien, neue Nutzungsgewohnheiten. Warum wir Facebook-Freunden mehr vertrauen« in Lilienthal/Neverla: *Lügenpresse*, S. 99

133 ebenda, S. 108

134 ebenda, S. 101

135 ebenda

136 Katharina Kleinen-von Königslöw: »Neue Medien, neue Nutzungsgewohnheiten. Warum wir Facebook-Freunden mehr vertrauen« in Lilienthal/Neverla: *Lügenpresse*, S. 108

137 http://meedia.de/2016/02/01/die-junge-generation-hoert-auf-die-eigenen-freunde-nicht-auf-das-was-ein-journalist-sagt

138 Katharina Kleinen-von Königslöw: »Neue Medien, neue Nutzungsgewohnheiten. Warum wir Facebook-Freunden mehr vertrauen« in Lilienthal/Neverla: *Lügenpresse*, S. 102

139 Timothy Garton Ash: *Redefreiheit*, S. 300/301

140 Katharina Kleinen-von Königslöw: »Neue Medien, neue Nutzungsgewohnheiten. Warum wir Facebook-Freunden mehr vertrauen« in Lilienthal/Neverla: *Lügenpresse*, S. 109

141 ebenda

142 »Ich weiß, was Lügenpresse wirklich bedeutet«, Joachim Gauck in der *FAZ* vom 2. 12. 2016

143 Irene Neverla: »›Lügenpresse‹ – Begriff ohne jede Vernunft? Zum Verständnis einer alten Kampfvokabel« in Lilienthal/Neverla: *Lügenpresse*, S. 25

144 »Ich weiß, was Lügenpresse wirklich bedeutet«, Joachim Gauck in der *FAZ* vom 2. 12. 2016

145 Kai Gniffke: »Respektvolle Kommunikation mit dem Publikum. Wie wir ›alimentierten Drecksfressen‹ auf Hassrede antworten« in Lilienthal/Neverla: *Lügenpresse*, S. 163

146 »Ein aggressiver, wüster und vulgärer Ton«, *Die ZEIT* vom 25. 6. 2015

147 Irene Neverla: »›Lügenpresse‹ – Begriff ohne jede Vernunft? Zum Verständnis einer alten Kampfvokabel« in Lilienthal/Neverla: *Lügenpresse*, S. 27

148 ebenda, S. 38; http://www.faz.net/aktuell/sport/fussball/auf marsch-in-koeln-muskelspiel-der-rechten-fussballszene-13232605.html

149 https://twitter.com/realdonaldtrump/status/881503147168071680?lang=de

150 http://www.berliner-zeitung.de/berlin/in-eigener-sache-uns-reicht-es--23552018
151 »Zunehmende Verrohung«, *Sächsische Zeitung* vom 30. 9. 2015
152 https://www.reporter-ohne-grenzen.de/index.php?id=73&tx_lf news_detail%5BnewsItem%5D=1780&cHash=4e95e3a9730a37df 9aa79c474f3f45c5
153 »Ab ins präpostpostfaktische Zeitalter«, *taz* vom 21. 9. 2016
154 https://www.youtube.com/watch?v=amYaLadtEXw (ca. Minute 0:15)
155 »Willkommen in der postfaktischen Welt«, *Cicero* vom 23. 9. 2016, der genaue Wortlaut unter https://www.youtube.com/watch?v=amYaLadtEXw; »Der Furchtlotse«, *Der Tagesspiegel* vom 26. 9. 2016
156 »Da geht was vor«, *Der Tagesspiegel* vom 27. 9. 2016
157 Reinemann/Fawzi/Obermaier: »Die ›Vertrauenskrise‹ der Medien – Fakt oder Fiktion? Zu Entwicklung, Stand und Ursachen des Medienvertrauens in Deutschland« in Lilienthal/Neverla: *Lügenpresse*, S. 78
158 »Ich weiß, was Lügenpresse wirklich bedeutet«, Joachim Gauck in der *FAZ* vom 2. 12. 2016
159 Norbert Schneider: »›Zweimal drei macht vier.‹ Über das Innenleben und die Breitenwirkung einer Hetzvokabel« in Lilienthal/Neverla: *Lügenpresse*, S. 129
160 »Die Blaubeerprinzessin«, *Die ZEIT* vom 1. 6. 2017
161 »Alternative Fakten«, *Der SPIEGEL* vom 28. 1. 2017
162 Norbert Schneider: »›Zweimal drei macht vier.‹ Über das Innenleben und die Breitenwirkung einer Hetzvokabel« in Lilienthal/Neverla: *Lügenpresse*, S. 129
163 »Herbst der Macht«, *Der SPIEGEL* vom 10. 9. 2016
164 http://www.zeit.de/2015/47/ukraine-krieg-propaganda-informationen-journalismus
165 »Wahlkampf? Cyberkrieg!«, *Stern* vom 15. 12. 2016; »Eine Erschütterung der Demokratie, wie wir sie kennen«, *Süddeutsche Zeitung* vom 3. 5. 2017
166 https://www.washingtonpost.com/news/fact-checker/wp/2017/07/25/a-quick-guide-to-president-trumps-false-twitter-claims-today/?utm_term=.05061af1e9d2
167 »Eine Erschütterung der Demokratie, wie wir sie kennen«, *Süddeutsche Zeitung* vom 3. 5. 2017

168 https://www.inforadio.de/programm/schema/sendungen/vis_a_vis/201707/137615.html

169 »Eine Erschütterung der Demokratie, wie wir sie kennen«, *Süddeutsche Zeitung* vom 3. 5. 2017; https://netzpolitik.org/2016/fake news-social-bots-sockenpuppenbegriffsklaerung

170 »Krieg ohne Blut«, *Die ZEIT* vom 23. 2. 2017

171 »Wahlkampf? Cyberkrieg!«, *Stern* vom 15. 12. 2016

172 »Eine Erschütterung der Demokratie, wie wir sie kennen«, *Süddeutsche Zeitung* vom 3. 5. 2017

173 »Stadt der Lügner«, *Die ZEIT* vom 15. 12. 2016

174 »Krieg ohne Blut«, *Die ZEIT* vom 23. 2. 2017

175 ebenda

176 »Braucht Facebook einen Chefredakteur?«, *Die WELT* vom 24. 11. 2016

177 »Krieg ohne Blut«, *Die ZEIT* vom 23. 2. 2017

178 http://faktenfinder.tagesschau.de/fake-news-geschichte-101.html

179 http://www.deutschlandfunk.de/ueber-fake-news-zweiter-teil-was-sind-eigentlich-fake-news.2852.de.html?dram:article_id=380135; http://www.berliner-zeitung.de/kultur/verdreht--gefaelscht--gelogen-die-geschichte-der-fake-news-25397116

180 Alle Aussagen sinngemäß entnommen aus »Die russische Frage«, *Der SPIEGEL* vom 4. 3. 2017; »Krieg ohne Blut«, *Die ZEIT* vom 23. 2. 2017; »Stadt der Lügner«, *Die ZEIT* vom 15. 12. 2016; »Braucht Facebook einen Chefredakteur?«, *Die WELT* vom 24. 11. 2016

181 http://www.sueddeutsche.de/panorama/urteil-in-berlin-fall-lisa-endet-mit-bewaehrung-1.3553054

182 ebenda

183 http://www.sueddeutsche.de/politik/berlin-marzahn-staatsanwalt-angeblich-vergewaltigtes-maedchen-verbrachte-nacht-bei-freund-1.2840429; http://www.sueddeutsche.de/politik/russland-der-kreml-instrumentalisiert-die-angebliche-vergewaltigung-in-berlin-1.2835570; »Offene Gesellschaft«, Ursula von der Leyen in *Der SPIEGEL* vom 28. 1. 2017

184 http://www.tagesspiegel.de/politik/angela-merkel-bei-wladimir-putin-neuer-realismus-im-deutsch-russischen-verhaeltnis/19745270.html

185 »Offene Gesellschaft«, Ursula von der Leyen in *Der SPIEGEL* vom 28. 1. 2017

186 »Wahlkampf? Cyberkrieg!«, *Stern* vom 15. 12. 2016

187 http://www.berliner-zeitung.de/panorama/falschmeldung-
ueber-toten-fluechtling-in-berlin-chronik-eines-ueblen-
geruechts-23558200

188 ebenda; http://www.faz.net/aktuell/politik/fluechtlings
krise/geschichte-vom-toten-fluechtling-vor-lageso-war-eine-
luege-14038277.html

189 »Die russische Frage«, *Der SPIEGEL* vom 4. 3. 2017

190 ebenda

191 »Krieg ohne Blut«, *Die ZEIT* vom 23. 2. 2017

192 »Finstere Attacken«, *Die ZEIT* vom 15. 12. 2016

193 »Die russische Frage«, *Der SPIEGEL* vom 4. 3. 2017; »Krieg ohne Blut«, *Die ZEIT* vom 23. 2. 2017; »Gesucht: Putzkräfte fürs Netz«, *Die ZEIT* vom 11. 5. 2017

194 »Die russische Frage«, *Der SPIEGEL* vom 4. 3. 2017

195 »Krieg ohne Blut«, *Die ZEIT* vom 23. 2. 2017

196 ebenda; »Eine Erschütterung der Demokratie, wie wir sie kennen«, *Süddeutsche Zeitung* vom 3. 5. 2017

197 »Medial, digital, genial?«, Nea Matzen und Olaf Rosenberg im Deutschlandfunk vom 18. 1. 2015

198 »Krieg ohne Blut«, *Die ZEIT* vom 23. 2. 2017

199 http://www.zeit.de/2015/47/ukraine-krieg-propaganda-
informationen-journalismus

200 »Glückspropaganda und Hass auf Befehl«, *Die ZEIT* vom 29. 9. 2016

201 »Krieg ohne Blut«, *Die ZEIT* vom 23. 2. 2017

202 https://newrepublic.com/minutes/132765/donald-trump-comc
clinton-nickname-crooked-hillary

203 »Die russische Frage«, *Der SPIEGEL* vom 4. 3. 2017

204 »Endziel: Chaos«, *Süddeutsche Zeitung* vom 8. 5. 2017; »Die russische Frage«, *Der SPIEGEL* vom 4. 3. 2017

205 http://www.zeit.de/politik/ausland/2016-11/us-wahlkampf-
donald-trump-facebook-fake-news-bundestagswahlkampf

206 http://money.cnn.com/2016/12/05/media/fake-news-real-
violence-pizzagate/index.html; https://www.nzz.ch/panorama/
ungluecksfaelle-und-verbrechen/fake-news-in-den-usa-schuetze-
von-pizzagate-kommt-fuer-vier-jahrenhinter-gitter-ld.1302472;
»Dann fielen Schüsse«, *FAZ* vom 9. 12. 2016

207 www.munzinger.de zu Stephen Bannon

208 »Er macht sich breit«, *Die ZEIT* vom 2. 3. 2017
209 »Hauspost für die Wütenden«, *Die ZEIT* vom 9. 6. 2016
210 http://www.breitbart.com/london/2017/01/03/dortmund-mob-attack-police-church-alight
211 »Er macht sich breit«, *Die ZEIT* vom 2. 3. 2017; http://www.deutschlandfunk.de/fake-news-wie-breitbart-fakten-verdreht-und-einen-mob.1818.de.html?dram:article_id=375553
212 »Er macht sich breit«, *Die ZEIT* vom 2. 3. 2017
213 ebenda
214 Norbert Schneider: »›Zweimal drei macht vier.‹ Über das Innenleben und die Breitenwirkung einer Hetzvokabel« in Lilienthal/Neverla: *Lügenpresse*, S. 129
215 »Krieg ohne Blut«, *Die ZEIT* vom 23. 2. 2017; »Offene Gesellschaft«, Ursula von der Leyen in *Der SPIEGEL* vom 28. 1. 2017
216 Katharina Kleinen-von Königslöw: »Neue Medien, neue Nutzungsgewohnheiten. Warum wir Facebook-Freunden mehr vertrauen« in Lilienthal/Neverla: *Lügenpresse*, S. 106/107
217 »Krieg ohne Blut«, *Die ZEIT* vom 23. 2. 2017
218 Klaus Brinkbäumer: »Zehn Prinzipien für die journalistische Wahrheitssuche. Für einen Journalismus, der die Welt in allen Facetten erklärt« in Lilienthal/Neverla: *Lügenpresse*, S. 67
219 »Krieg ohne Blut«, *Die ZEIT* vom 23. 2. 2017
220 ebenda

Kapitel zwei

1 http://www.sueddeutsche.de/kultur/herbert-riehl-heyse-l-annaeherungen-an-die-gerechtigkeit-1.239822
2 http://www.bpb.de/politik/grundfragen/politik-einfach-fuer-alle/236732/es-gilt-meinungsfreiheit-und-pressefreiheit
3 https://www.gesetze-im-internet.de/gg/art_5.html
4 Claudia Mast: *ABC des Journalismus*, S. 45, 110
5 Timothy Garton Ash: *Redefreiheit*, S. 280
6 Claudia Mast: *ABC des Journalismus*, S. 44
7 Timothy Garton Ash: *Redefreiheit*, S. 280
8 https://www.reporter-ohne-grenzen.de/uploads/tx_lfnews/media/Rangliste_der_Pressefreiheit_2017_-_Reporter_ohne_Grenzen.pdf
9 Claudia Mast: *ABC des Journalismus*, S. 142/143

10 ebenda, S. 45, 110
11 Irene Neverla: »›Lügenpresse‹ – Begriff ohne jede Vernunft? Zum Verständnis einer alten Kampfvokabel« in Lilienthal/Neverla, S. 22
12 Claudia Mast: *ABC des Journalismus*, S. 45
13 Stephan Lamby: »Die nervöse Republik« (ca. Minute 42:42)
14 Irene Neverla: »›Lügenpresse‹ – Begriff ohne jede Vernunft? Zum Verständnis einer alten Kampfvokabel« in Lilienthal/Neverla: *Lügenpresse*, S. 25
15 http://www.bpb.de/politik/grundfragen/politik-einfach-fuer-alle/236662/deutschland-ein-staat-mit-gewaltenteilung
16 Claudia Mast: *ABC des Journalismus*, S. 45
17 https://de.statista.com/statistik/daten/studie/182978/umfrage/reichweite-der-tagesschau-seit-1992; http://www.tagesspiegel.de/medien/rekordwert-2016-fast-zehn-millionen-zuschauer-fuer-die-tagesschau/19184208.html
18 http://www.bundesverfassungsgericht.de/DE/Richter/Zweiter-Senat/Praesident-Prof-Dr-Vosskuhle/praesident-prof-dr-vosskuhle_node.html; http://www.medienpolitik.net/2013/11/medienkritischer-journalismus-als-verfassungsauftrag
19 Timothy Garton Ash: *Redefreiheit*, S. 307
20 Claudia Mast: *ABC des Journalismus*, S. 191
21 http://www.axelspringer.de/artikel/cw_spalte_bildergalerie_de_102875.html?picture=4
22 http://www.taz.de/1987---1996/!110631
23 http://meedia.de/2017/01/25/die-wundersame-welt-der-ma-zahlen-21-der-25-groessten-zeitschriften-gewinnen-leser
24 http://www.ivw.eu/aw/print/qa/titel/2952
25 http://meedia.de/2017/01/25/die-wundersame-welt-der-ma-zahlen-21-der-25-groessten-zeitschriften-gewinnen-leser
26 http://www.spiegel.de/extra/spiegel/a-457792.html;
27 http://www.spiegelgruppe.de/spiegelgruppe/home.nsf/Navigation/6CE8D16B87C4BD0AC1256F5F00350C5A?OpenDocument
28 http://meedia.de/2017/01/25/die-wundersame-welt-der-ma-zahlen-21-der-25-groessten-zeitschriften-gewinnen-leser
29 http://www1.wdr.de/archiv/rundfunkgeschichte/rundfunkgeschichte122.html
30 Claudia Mast: *ABC des Journalismus*, S. 29
31 ebenda, S. 27/28

32 ebenda, S. 31
33 ebenda, S. 29/31
34 Timothy Garton Ash: *Redefreiheit*, S. 284/299
35 »Hallo Schatz, die Nachrichten sind da«, *Die WELT* vom 23. 6. 2017
36 Claudia Mast: *ABC des Journalismus*, S. 224
37 ebenda, S. 223
38 ebenda, S. 35
39 ebenda, S. 229
40 ebenda, S. 35/229; »Aus und vorbei«, *Süddeutsche Zeitung* vom 12. 4. 2013
41 https://www.dpa.com/de/produkte-services/newsrooms-redaktionen/ap
42 Claudia Mast: *ABC des Journalismus*, S. 228
43 ebenda, S. 239
44 http://www.deutschlandfunk.de/auskunftsrecht-wenn-journalisten-um-informationen-kaempfen.761.de.html?dram:article_id=349489
45 Claudia Mast: *ABC des Journalismus*, S. 153
46 ebenda, S. 227/241
47 »Die Fälschung des Jahrhunderts«, *FAZ* vom 9. 4. 2013; fhttp://www.stern.de/panorama/stern-crime/30-jahre-hitler-tage buecher-henri-nannen-und-der-gau-3210340.html
48 Claudia Mast: *ABC des Journalismus*, S. 225/245
49 ebenda, S. 264
50 ebenda, S. 265
51 ebenda; https://www.morgenpost.de/berlin/article211374021/So-leben-diePandas-im-Berliner-Zoo.html
52 Claudia Mast: *ABC des Journalismus*, S. 59
53 ebenda, S. 58
54 ebenda
55 http://www.presserat.de/fileadmin/user_upload/Downloads_Dateien/Pressekodex2017_web.pdf
56 Claudia Mast: *ABC des Journalismus*, S. 100
57 http://www.presserat.de/beschwerde/statistiken/#panel-beschwerdezahlen
58 Claudia Mast: *ABC des Journalismus*, S. 157
59 ebenda, S. 225
60 ebenda, S. 157/158

61 http://www.journalismus-handbuch.de/terror-in-paris-die-ard-undjournalismus-be-first-but-first-be-right-7343.html
62 http://meedia.de/2016/02/03/brinkbaeumer-mascolo-gniffke-so-unterschiedlich-gehen-top-journalisten-mit-dem-luegenpresse-vorwurf-um
63 Irene Neverla: »›Lügenpresse‹ – Begriff ohne jede Vernunft? Zum Verständnis einer alten Kampfvokabel« in Lilienthal/Neverla: *Lügenpresse*, S. 31
64 http://www.huffingtonpost.de/2017/06/16/ein-groer-europaer-ist-von-uns-gegangen-die-welt-reagiert-auf-den-tod-von-helmut-kohl_n_17160618.html; http://www.tagesspiegel.de/medien/mediales-echo-auf-den-tod-von-helmut-kohl-taz-erst-ohne-und-dann-mit-taktgefuehl/19945340.html; http://www.wiwo.de/politik/deutschland/altbundeskanzler-bild-meldet-tod-von-helmut-kohl/19943728.html; http://www.tagesspiegel.de/politik/kanzler-der-einheit-helmut-kohl-ist-tot/19943610.html
65 http://www.spiegel.de/spiegel/print/d-9176410.html
66 Timothy Garton Ash: *Redefreiheit*, S. 310
67 Stephan Lamby: »Die nervöse Republik« (ca. Minute 53)
68 http://www.zeit.de/kultur/2016-02/dresdner-rede-dresden-giovanni-di-lorenzo/komplettansicht
69 Claudia Mast: *ABC des Journalismus*, S. 158
70 Irene Neverla: »›Lügenpresse‹ – Begriff ohne jede Vernunft? Zum Verständnis einer alten Kampfvokabel« in Lilienthal/Neverla: *Lügenpresse*, S. 31
71 Frank Fechner/Axel Wössner: Journalistenrecht. Die wichtigsten Fragen aus dem redaktionellen Berufsalltag, 2. Auflage, Mohr Siebeck, S. 157
72 Claudia Mast: *ABC des Journalismus*, ab S. 97
73 ebenda, S. 250
74 http://www.ndr.de/kultur/kulturdebatte/Glaubwuerdigkeitskrise-im-Journalismus,journal234.html (letzter Abruf 3. 2. 2016)
75 http://www.sueddeutsche.de/medien/in-eigener-sache-wie-wir-mit-der-chaosphase-umgehen-1.3100149
76 ebenda
77 http://www.ard.de/home/intern/fakten/abc-der-ard/Rundfunkrat/456538/index.html

78 Claudia Mast: *ABC des Journalismus*, S. 29
79 http://www.spiegelgruppe.de/spiegelgruppe/home.nsf/0/504E9855BB512289C1256FD5004406E1?OpenDocument
80 Claudia Mast: *ABC des Journalismus*, S. 190
81 ebenda, S. 187/190
82 http://www.ard.de/home/intern/fakten/17_50_Euro_Rundfunkbeitrag/309602/index.html
83 Claudia Mast: *ABC des Journalismus*, S. 28/29; https://www.zdf.de/zdfunternehmen/regeln-und-finanzen-zdfunternehmen-100.html
84 Claudia Mast: *ABC des Journalismus*, S. 29
85 Timothy Garton Ash: *Redefreiheit*, S. 306
86 ebenda, S. 279
87 Claudia Mast: *ABC des Journalismus*, S. 225
88 Timothy Garton Ash: *Redefreiheit*, S. 308
89 »Offene Gesellschaft«, Ursula von der Leyen in *Der SPIEGEL* vom 28. 1. 2017
90 https://www.zdf.de/nachrichten/heute-journal/heute-journal-vom-27-juni-2017-102.html (ca. Minute 17)
91 Volker Lilienthal: »›Lügenpresse‹ – zur Versachlichung der Debatte« in Lilienthal/Neverla: *Lügenpresse*, S. 282
92 ebenda, S. 281
93 https://perspective-daily.de
94 http://www.ndr.de/info/programm/NDR-Info-Perspektiven,ndrinfoperspektiven100.html

Kapitel drei

1 »Fake News«, *Der SPIEGEL* vom 18. 3. 2017
2 Claudia Mast: *ABC des Journalismus*, S. 259
3 Norbert Schneider: »›Zweimal drei macht vier.‹ Über das Innenleben und die Breitenwirkung einer Hetzvokabel« in Lilienthal/Neverla: *Lügenpresse*, S. 127
4 Irene Neverla: »›Lügenpresse‹ – Begriff ohne jede Vernunft? Zum Verständnis einer alten Kampfvokabel« in Lilienthal/Neverla: *Lügenpresse*, S. 40
5 »Der dritte Weg«, *Der SPIEGEL* vom 18. 3. 2017
6 »Endziel: Chaos«, *Süddeutsche Zeitung* vom 8. 5. 2017
7 »Der dritte Weg«, *Der SPIEGEL* vom 18. 3. 2017

8 »Alternative Fakten«, *Der SPIEGEL* 28. 1. 2017
9 https://www.ekd.de/Zehn-Gebote-10802.htm
10 Harry G. Frankfurt: *Bullshit*, S. 33
11 ebenda, S. 39
12 ebenda, S. 45
13 Norbert Schneider: »›Zweimal drei macht vier.‹ Über das Innenleben und die Breitenwirkung einer Hetzvokabel« in Lilienthal/Neverla: *Lügenpresse*, S. 124
14 Harry G. Frankfurt: *Bullshit*, S. 41
15 ebenda
16 ebenda, S. 27
17 ebenda, S. 39
18 ebenda, S. 44
19 »Ich weiß, was Lügenpresse wirklich bedeutet«, Joachim Gauck in der *FAZ* vom 2. 12. 2016
20 http://www.deutschlandfunk.de/ueber-fake-news-erster-teil-ein-gespenst-geht-um-nicht-nur.1818.de.html?dram:article_id=380132
21 Harry G. Frankfurt: *Bullshit*, S. 38
22 http://www.zeit.de/2017/05/alternative-fakten-luegen-donald-trump-regierung-methode
23 »Keine Macht der Lüge«, *Die ZEIT* vom 26. 1. 2017; http://meedia.de/2017/01/23/repertoire-der-desinformation-ex-piratin-marina-weisband-entlarvt-trumps-luegentaktik-und-wird-vom-netz-gefeiert
24 Harry G. Frankfurt: *Bullshit*, S. 46/47
25 http://www.zeit.de/2017/05/alternative-fakten-luegen-donald-trump-regierung-methode
26 Harry G. Frankfurt: *Bullshit*, S. 44
27 http://www.deutschlandfunk.de/ueber-fake-news-erster-teil-ein-gespenst-geht-um-nicht-nur.1818.de.html?dram:article_id=380132)
28 http://www.zeit.de/2017/05/alternative-fakten-luegen-donald-trump-regierung-methode
29 Peter Bieri: »Wie wäre es, gebildet zu sein?«, S. 2
30 ebenda
31 http://www.geo.de/geolino/mensch/1437-rtkl-weltveraenderer-immanuel-kant

32 Volker Lilienthal: »›Lügenpresse‹ – zur Versachlichung der Debatte« in Lilienthal/Neverla: *Lügenpresse*, S. 271
33 http://www.zeit.de/2017/05/alternative-fakten-luegen-donald-trump-regierung-methode
34 »Die Rache des weißen Bären«, *ZEIT WISSEN* vom 1. 7. 2017
35 »Gefühlte Wahrheit«, *Süddeutsche Zeitung* vom 25. 2. 2017
36 https://www.tagesschau.de/ausland/lastnightinsweden-101.html
37 »Gefühlte Wahrheit«, *Süddeutsche Zeitung* vom 25. 2. 2017
38 ebenda

Kapitel vier

1 »Warum es kein Reinheitsgebot für Informationen geben kann«, *Die WELT* vom 6. 1. 2017
2 »Das Monster lebt«, *Die ZEIT* vom 1. 6. 2017; https://allfacebook.de/zahlen_fakten/state-of-facebook; https://allfacebook.de/zahlen_fakten/offiziell-facebook-nutzerzahlen-deutschland
3 »Das Monster lebt«, *Die ZEIT* vom 1. 6. 2017
4 ebenda; http://www.faz.net/aktuell/wirtschaft/netzwirtschaft/netzwerkdurchsetzungsgesetz-was-sie-ueber-das-gesetz-gegen-hass-im-internet-wissen-muessen-15084364.html
5 »Das Monster lebt«, *Die ZEIT* vom 1. 6. 2017
6 »Das Löschen beginnt«, *Süddeutsche Zeitung* vom 1. 7. 2017
7 ebenda; »Das Monster lebt«, *Die ZEIT* vom 1. 6. 2017
8 »Das Löschen beginnt«, *Süddeutsche Zeitung* vom 1. 7. 2017; http://www.faz.net/aktuell/wirtschaft/netzwirtschaft/netzwerkdurchsetzungsgesetz-was-sie-ueber-das-gesetz-gegen-hass-im-internet-wissen-muessen-15084364.html
9 »Wer schreit, hat recht«, *Die ZEIT* vom 8. 6. 2017
10 »Das Löschen beginnt«, *Süddeutsche Zeitung* vom 1. 7. 2017; »Das Monster lebt«, *Die ZEIT* vom 1. 6. 2017
11 »Das Monster lebt«, *Die ZEIT* vom 1. 6. 2017
12 ebenda
13 ebenda; http://www.faz.net/aktuell/wirtschaft/netzwirtschaft/netzwerkdurchsetzungsgesetz-was-sie-ueber-das-gesetz-gegen-hass-im-internet-wissen-muessen-15084364.html
14 http://meedia.de/2016/11/02/quartalszahlen-facebook-faehrt-rekordgewinn-von-238-milliarden-dollar-ein-wall-street-reagiert-trotzdem-enttaeuscht

15 Norbert Schneider: »›Zweimal drei macht vier.‹ Über das Innenleben und die Breitenwirkung einer Hetzvokabel« in Lilienthal/Neverla: *Lügenpresse*, S. 123
16 https://www.bundestag.de/blob/412654/eb51d0932b71daffb0124d4987130f9f/wd-3-209-10-pdf-data.pdf
17 http://www.spiegel.de/netzwelt/web/facebook-live-und-co-facebook-stellt-3000-neue-online-aufpasser-ein-a-1145954.html
18 »Krieg ohne Blut«, *Die ZEIT* vom 23. 2. 2017
19 https://correctiv.org/blog/2017/01/20/warum-wollt-ihr-fuer-facebook-fakten-checken; https://www.heise.de/tp/features/Facebook-Wahrheitspruefer-Correctiv-verstrickt-sich-in-Widersprueche-3605916.html
20 http://www.spiegel.de/netzwelt/web/facebook-correctiv-soll-fakenews-richtigstellen-a-1130014.html
21 »Hasste was, lieste das«, *Süddeutsche Zeitung* vom 21. 11. 2016
22 https://www.welt.de/newsticker/dpa_nt/infoline_nt/netzwelt/article163498418/Google-weitet-Einsatz-von-Faktencheck-Labelaus.html; https://germany.googleblog.com/2017/04/faktencheck-in-google-news-und-suche7.html
23 »Google will jetzt Fakten checken«, *Die WELT* vom 11. 4. 2017
24 Timothy Garton Ash: *Redefreiheit*, S. 303
25 »Ganz einfach«, *Süddeutsche Zeitung* vom 22. 11. 2016
26 http://www.sueddeutsche.de/medien/medien-in-den-usa-wir-sind-nicht-im-krieg-mit-der-regierung-wir-sind-bei-der-arbeit-1.3424167
27 https://www.tagesschau.de/ausland/trump-us-medien-101.html
28 »Weshalb Facebook sich mit Fake News verschätzt hat«, *FAZ* vom 17. 5. 2017
29 »Gefühlte Wahrheit«, *Süddeutsche Zeitung* vom 25. 2. 2017
30 https://www.tagesschau.de/ausland/trump-us-medien-101.html
31 https://www.heise.de/newsticker/meldung/Oeffentlich-Rechtliche-im-Kampf-gegen-Fake-News-3623269.html
32 http://www.ard.de/home/ard/ARD_de_Spezial__Fakten_statt_Fake_News/3690810/index.html
33 »Besser als das Misstrauen«, *Süddeutsche Zeitung* vom 11. 4. 2017
34 http://www.faz.net/aktuell/wissen/faktencheck
35 http://www1.wdr.de/daserste/hartaberfair/faktencheck/index.html

36 http://faktenfinder.tagesschau.de
37 http://www.zeit.de/serie/fakt-oder-fake
38 »Besser als das Misstrauen«, *Süddeutsche Zeitung* vom 11. 4. 2017
39 ebenda
40 http://meedia.de/2016/02/03/brinkbaeumer-mascolo-gniffke-so-unterschiedlich-gehen-top-journalisten-mit-dem-luegenpresse-vorwurf-um
41 http://www.spiegel.de/politik/ausland/london-was-wir-ueber-die-anschlagsserie-wissen-und-was-nicht-a-1150640.html; http://www.sueddeutsche.de/politik/terroranschlag-in-london-was-wir-ueber-die-tat-in-london-wissen-und-was-nicht-1.3533919; https://www.welt.de/newsticker/dpa_nt/afxline/topthemen/hintergruende/article164830085/Was-wir-wissen-und-was-nicht.html; http://www.focus.de/politik/ausland/explosionen-in-manchester-was-wir-wissen-und-was-nicht_id_7167234.html
42 http://www.zeit.de/2015/49/junge-wissenschaftler-karriere-wissenschaft-professur-arbeitsbedingungen
43 http://www.heute.de/wegen-hetze-gegen-zdf-moderatorin-dunja-hayali-rentner-muss-2.200-euro-strafe-zahlen-47014784.html

Kapitel fünf

1 http://www.spiegel.de/spiegel/print/d-9176410.html
2 Claudia Mast: *ABC des Journalismus*, S. 157
3 Irene Neverla: »›Lügenpresse‹ – Begriff ohne jede Vernunft? Zum Verständnis einer alten Kampfvokabel« in Lilienthal/Neverla: *Lügenpresse*, S. 28
4 http://meedia.de/2016/02/01/die-junge-generation-hoert-auf-die-eigenen-freunde-nicht-auf-das-was-ein-journalist-sagt

Kapitel sechs

1 Timothy Garton Ash: *Redefreiheit*, S. 305
2 ebenda
3 https://upload-magazin.de/blog/715-basiswissen-journalismus-presserecht-fur-journalisten-und-blogger
4 Claudia Mast: *ABC des Journalismus*, S. 160
5 Katharina Kleinen-von Königslöw: »Neue Medien, neue Nutzungs-

gewohnheiten. Warum wir Facebook-Freunden mehr vertrauen« in Lilienthal/Neverla: *Lügenpresse*, S. 105
6 https://www.tagesschau.de/100sekunden
7 »Offene Gesellschaft«, Ursula von der Leyen in *Der SPIEGEL* vom 28. 1. 2017
8 http://www.presserat.de/presserat/alternative-startseiten/beschwerde-einreichen
9 Timothy Garton Ash: *Redefreiheit*, S. 313
10 »Ich weiß, was Lügenpresse wirklich bedeutet«, Joachim Gauck in der *FAZ* vom 2. 12. 2016
11 Klaus Brinkbäumer: »Zehn Prinzipien für die journalistische Wahrheitssuche. Für einen Journalismus, der die Welt in allen Facetten erklärt« in Lilienthal/Neverla: *Lügenpresse*, S. 73

Letzter Abruf aller Websites: 8. 8. 2017

Das Quellenverzeichnis ist auch online abrufbar unter https://www.carlsen.de/taschenbuch/carlsen-klartext-fake-news/78851.

Extremismus auf dem Vormarsch

Anja Reumschüssel
Carlsen Klartext: Extremismus
176 Seiten
Taschenbuch
ISBN 978-3-551-31734-6
Erscheint im März 2018

Extremistische Anschauungen gibt es in vielen Bereichen: In Politik- und Religionsfragen, aber auch zu gesellschaftlichen Themen. Doch wann spricht man tatsächlich von Extremismus und wann nur von »extremen Ansichten«? Wie entsteht Extremismus und welche Arten gibt es? Kann man Extremismus bewerten – gibt es »positiven« Extremismus?

Carlsen Klartext – Aktuelles aus Gesellschaft und Politik, das uns alle angeht.

www.carlsen.de

CARLSEN

Bis ans Ende der Welt

Anne-Laure Bondoux
Die Zeit der Wunder
192 Seiten
Taschenbuch
ISBN 978-3-551-31285-3

Der siebenjährige Koumaïl ist ständig auf der Flucht vor den Schrecken des Kaukasus-Krieges. Sein einziger Lichtblick ist das Versprechen seiner Ziehmutter Gloria, ihn in seine eigentliche Heimat Frankreich zurückbringen. Der Weg dorthin ist lang und gefährlich. Doch dank seiner nie enden Hoffnung schafft Koumaïl es – nur Gloria ist plötzlich fort. Und mit ihr das Geheimnis seines Lebens, das er aufspüren muss ...

CARLSEN